Փունջիկ Առա

Մարդն ընդդեմ մարդկության

Հեղ.՝ Փունջիկ Առաքելյան

Խմբ.՝ Մարիամ Առաքելյան, Նանա Բերբերյան

2017թ.

Ամպի ծվենները խաղում էին արևի արծաթափայլ շողերի հետ: Գարունը, տրորելով սառույցի պես պինդ ձյունը, կարծես, նրանից կաթիլներ էր քամում: Աղմանը կռացավ, վերցրեց մի փոքր ձնեգունդ, պահեց արևին, շշնջաց.

- Այն փայլում է ինչպես ադամանդը

Ապա շուրթերը հպեց ձյան գնդին: Հանկարծ նրանից կաթիլներ պոկվեցին, ընկան գետնին, վերածվեցին եղյամի՝ տարածվելով նրա շուրջը, իսկ ձյունի փոքրիկ գունդը կպավ, մնաց նրա գլխարկին, վերածվեց չալմայի: Նա խուճապահար սկսեց մատներով շոշափել այն՝ փորձելով հեռանալ հրապարակից: Հետևից լսվեցին ոտնաձայներ, Աղմանը կանգ առավ, ետ նայեց: Նրա հետևից հանգիստ քայլում էր ճերմակազգեստ, ձյունահեր մազերով կինը:

- Ո՞վ ես,- աչքը անծանոթուհուց չկտրելով՝ հարցրեց նա:

Ձեռքը նորից տանելով վեր՝ ակամա իջեցրեց չալման, շոշափեց ձյունը՝ փորձելով պոկել այն, բայց ձնեգունդն ամուր էր, ինչպես քարը: Աղմանը շփոթված նայեց նրան: Այն վեր էր ածվել սպիտակ փայլուն քարի:

- Ես ձյունաhերն եմ, դու ինձ ընտրեցիր,- խոսեց կինը:
- Մի՞թե... այն ձյունը,- կմկմաց Աղմանը:
- Այո՛, այս պահից փոխվում է քո կյանքը, սկսի՛ր քաղաքի գույնից:
- Ինչպե՞ս,- զարմացավ Աղմանը, նայեց շուրջը, ուր գարնան զարթոնքից արթնացել էր կանաչը:
- Թո՛ղ այն միշտ կրի սպիտակ գույնը: Պատի՛ր քաղաքը եղյամով: Այն կլինի քո լիակատար հաղթանակի խորհրդանիշը:
- Ինչպե՞ս ես կարող եմ պատել ողջ մեգապոլիսը եղյամով, երբ վաղուց գարուն է:
- Քո նոր հնարավորությամբ: Տիրացի՛ր այս քաղաքին,- պատասխանեց Ձյունաhերը, մոտեցավ, ձեռքից վերցրեց չալման, դրեց նրա գլխին:- Այսուհետ դու Աղամանդն ես, կրի՛ր այն միշտ, քանզի քո ուժը նրա մեջ է:

Կինը քայլեց ետ: Աղամանդը տեսավ, թե ինչպես նա անհետացավ հրապարակի՝ դամբարան հիշեցնող պատերից մեկում:

- Ես՝ ամենակարո՞ղ,- մրմնջաց նա, քայլեց դեպի պատվանդան:

Երբ հասավ դամբարանին, անսպասելիորեն քարե դուռը ծանր ճռռոցով ետ գնաց, այնտեղից դուրս եկան մի քանի սևազգեստներ:

- Հրամայի՛ր, Աղամա՛նդ,- խոսեց նրանցից մեկը:

Նա սկզբում զարմացավ, ապա սկսեց.

- Ես պետք է տիրեմ այս քաղաքին, ինձ բանակ է հարկավոր, ստեղծե՛ք այն:
- Այո՛, Աղամա՛նդ:

Սևազգեստներն անհետացան: Հրապարակի եղյամը նկատելի ընդարձակվեց:

- Առաջին քայլն արված է,- ասաց նա բարձրաձայն՝ ոգևորված նայելով եղյամին:

Ամպամած երեկոն իր գորշ թևերն էր փռել ամենուր: Լայնատարած զբոսայգու հեռավոր մի անկյունում, ուր ամեն ինչ պատված էր կանաչ մամուռով, անձրև ու ձյունից սևացած փայտե նստարանին կուչ էր եկել Աբգարը: Նրա դեմքը կիսով ծածկում էր վեր բարձրացված օձիքը: Եթե հնարավոր լիներ տեսնելու այդ դեմքը. այն կրում էր զսպված համբերություն, իսկ իրար սեղմված շուրթերը խոսում էին ներքին լարվածության մասին:
Հաստաբուն ծառերի արանքից երևաց բարձրահասակ, սևազգեստ մեկը՝ նրա գլուխը մինչև աչքերը ծածկում էր սև, երկարափեշ զգեստին կցված վեղարը:

- Ինչու՞ ցանկացար այս լքված անկյունում հանդիպել, պատվելի՛ Մարկոս,- հարցրեց Աբգարը, ոտքի կանգնելով ընդառաջ գնաց նրան:

- Այսպես ցանկացած վտանգ նվազում է, հարգելի՛ գիտնական,- պատասխանեց նա, նստեց նստարանին:
- Դուք հեռատես մարդ եք,- նկատեց Աբգարը:
- Այո՛, այն օգնում է ինձ զերծ մնալ թշնամիների թիվն ավելացնելուց:
- Որքանո՞վ է կարևոր այս հանդիպումը, որը համեմված է այսպիսի խորհրդավորությամբ:
- Գիտնակա՛ն, կարո՞ղ եք ասել,- Մարկոսը, միտքը կիսատ, նայեց շուրջը, ձայնն ավելի իջեցնելով՝ շարունակեց,- Ադամանդը դեռ շարունակու՞մ է ավելացնել ռոբոտ-զինվորների թիվը:
- Այո՛,- կարճ պատասխանեց Աբգարը՝ ցրտից ձեռքերն ավելի խորը խոթելով գրպանները:

Մարկոսը նայեց երկնքին. վազող գորշ ամպերի արանքից մերթընդմերթ ծիկրակում էին աստղերը:

- Աֆրիկացի կանաչ աչքերով պատանուն դու՛ք ներարկեք:
- Բայց այնտեղ այդպիսին չկա,- արված առաջարկից զարմացավ գիտնականը:
- Շուտով կլինի,- հեռուն նայելով՝ շարունակեց Մարկոսը:
- Սակայն ի՞նչ տարբերություն, բոլորին նույն քնաբերն ենք ներարկում և հետո...
- Մի՛ շարունակեք, չե՛մ ուզում լսել,- վրդովված առարկեց Մարկոսը, ձեռքը մեկնեց նրան:- Ահա՛, վերցրե՛ք: Տարբերությունն այս սրվակի

պարունակության և պատանու աչքերի գույնի մեջ է:- Նա նորից նայեց շուրջը:- Հիշե՛ք, Աբգա՛ր, այս մասին անգամ չպետք է իմանա Ձեր մյուս ձեռքը,- Մարկոսը մի պահ լռեց, ապա շարունակեց,- թեկուզ ելնելով Ձեր անվտանգությունից:

Աբգարը երկյուղած, դողացող ձեռքով այն արագ թաքցրեց գրպանում, նայեց նրան: Նա թեթևակի ետ տարավ վեղարը, երևացին խիտ, շագանակագույն զանգուրները:

- Ինչ որ բան այնպես չէ՞,- կապույտ աչքերը զարթնող մթության մեջ սևեռած գիտնականին, հարցրեց նա, ապա ավելացրեց,- պարզապես ներարկի՛ր այն պատանուն, որպես քնաբեր:
- Այո՛, ամեն ինչ պարզ է,- շշնջաց Աբգարը:
- Հաջողություն եմ մաղթում,- ասաց Մարկոսը, քայլեց եկած արահետով:

***

Աֆրիկացի զանգրահեր պատանին ինքնամոռաց քայլում էր արևից թրծված ավազներում: Փարվելով արևածագի դեղին շողքին՝ թվում էր՝ այդ շողքից ավազն ավելի է դեղնում: Պատանին քայլերն ուղղեց դեպի կավածեփ, աղքատիկ տներից մեկը: Կարծես այդ տան բակից էր սկսվում դեղին անապատը, միանում հրակարմիր հորիզոնին: Փոշու մեջ կորած՝ անծանոթ մեքենան կանգ առավ այդ տան դիմաց, դուրս եկան երկու սևազգեստ տղամարդիկ՝ սափրած գլուխներով: Նրանք մի պահ նայեցին զարմացած պատանուն, վազեցին դեպի նրա կողմը: Պատանին սկսեց փախչել, բայց նրանք, առանց ջանք գործադրելու, բռնեցին նրան, խցկեցին մեքենայի թափքը, ձեռքերը թափ տալով՝ նայեցին շուրջը. ոչ ոք չերևաց:

Վայրկյաններ անց մեքենան սլանում էր արևահար անապատի փոշեկոլոլ ճանապարհով, թվում էր՝ այն, օձի պես գալարվելով, կուլ է տալիս մեքենային՝ միաձուլելով դեղին գույնի հետ:

***

- Աղամա՛նդ, տղան պատրաստ է,- ներս մտնելով զեկուցեց Նաթին, ինչից Աղամանդը ինքնավստահ ժպտաց:

Պատանու մերկ մարմինը սարսռաց, երբ հայտնվեց սեղանին: Նա փորձեց շուրջը նայել, բայց բացի առաստաղից ոչինչ տեսնել չկարողացավ: Փորձեց նստել՝ երկու կոպիտ ձեռքեր ետ հրեցին նրան: Քիչ հետո սեղանը սլանում էր նեղ միջանցքով, որի առաստաղից կախված էին կուրացնող սպիտակ լույսերը: Շուտով այն կանգ առավ, պատանին գլուխը բարձրացրեց, նորից նայեց շուրջը՝ այնտեղ ամեն ինչ սպիտակ էր, անգամ մարդիկ:

- Սկսե՛ք,- պատանու ականջին հասավ տղամարդու հրամայական ձայնը:

Նա նորից գլուխը բարձրացրեց. հրամայողի սպիտակ չալմային շողում էր սպիտակ, խոշոր ադամանդը: Նրա հայացքը սառեց մնաց շողացող քարին: Ոչ որ տեղից չշարժվեց: Պատանին, որ մինչ այդ հետևում էր բոլորին, այս անգամ նրա հայացքը մնացել էր գամված ներարկիչը կրող ձեռքին:

- Շատ չե՞ք հապաղում, սկսե՛ք,- նորից հրամայեց Ադամանդը, նայեց դռան կողմը,- ինչու՞ է ուշանում պրոֆեսորը:

Պատանին, տեսնելով տղամարդուն՝ կանգնած գլխավերևում, ակամա աչքերը փակեց, թուլացավ: Ներարկիչը ծակեց նրա չորացած, հյուծված մաշկը: Երբ գիտնականն այն ետ քաշեց, նա աչքերը բացեց, նայեց շուրջը: Պատանու աչքերի փայլից Աբգարը շփոթված մի հայացք գցեց բոլորին, իսկ ներկաները զարմանքով իրար նայեցին: Նա փորձեց վեր կենալ, բայց ամրագոտիները խանգարեցին:

- Սա ի՞նչ է նշանակում, ինչու՞ նա չքնեց,- բղավեց Ադամանդը՝ իրեն կորցրած, մոտեցավ Աբգարին, նայեց նրա աչքերի մեջ,- կարծում եմ՝ պարտավոր ես բացատրելու: Կատարվածը տարօրինակ չի՞ թվում, պարո՛ն գիտնական:

Աբգարը սեղմեց շուրթերը, հայացքի տակից նայեց նրան:

- Ես էլ պակաս զարմացած չեմ,- գիտնականը զարմանքով թոթովեց ուսերը:

Նրանց խոսակցությունը կիսատ մնաց, երբ պատանին ձեռքերն ուժով իրար միացրեց, կապիչները կտրվեցին, ցատկեց կանգնեց սեղանին: Նրա սուրճի գույն մաշկը փայլում էր անսովոր փայլով, նույն անսովոր փայլով փայլում էին աչքերը: Ներկաները, զարմանքից համրացած, պատանուն էին նայում:

- Բռնեցե՛ք նրան, գրողը Ձեզ տանի՛,- բղավեց Աղամանդը:

Մինչ որևէ մեկը տեղից կշարժվեր, հայտնվեց սատանան:

- Ի՞նչ է կամենում իմ տերը,- շողոքորթ խոնարհվեց նա:

Աղամանդը շփոթվեց, ապա, ավելի զարմացած, հարցրեց.

- Ո՞վ ես դու:
- Սատանան՝ քո խոնարհ ծառան, Ջյունահերի հրամանով:

Աղամանդը, պատանուն մոռացած, մե՛կ նայեց ներկաներին, մե՛կ հայտնված սատանային, պատասխանեց՝ թաքցնելով զարմանքը ներկաներից:

- Ոչինչ:
- Հրամանքդ, տե՛ր իմ,- խորը գլուխ տալով՝ անհետացավ սատանան:

Սատանայի հայտնվելուց բոլորը սարսափից սեղմվել էին պատին՝ նույնպես մոռանալով պատանուն: Նա ցատկեց, կախվեց սպիտակ լույսերով ջահից, սկսեց ճոճվել, կարծես՝ կողմնորոշվելու: Անսպասելիորեն, լուսամուտից դուրս նետվեց՝ փշրելով այն: Զարդած փեղկից բոլորը դուրս նայեցին. ոչ ոք չէր երևում: Եկավ պրոֆեսորը:

- Ամեն ինչ պատրա՞ստ է,- հարցրեց նա՝ տեսնելով այլայլված դեմքերը, նայեց փշրված փեղկին, ուղղվեց այն կողմ, գլուխը դուրս հանեց, հարցրեց՝ նորից ետ գալով,- որևէ մեկը կբացատրի, թե ի՞նչ է կատարվել այստեղ, միայն չասեք այն, ինչ մտածում եմ,- միտքն ավարտելիս նորից նայեց փեղկին:
- Գուցե մտածում եք՝ պատանին դու՞րս է նետվել լուսամուտից,- հեգնեց Աղամանդը,- մի՛ մտածեք, այդպես էլ կա:
- Ինչպե՞ս, նա ցատկել է այս բարձրությունի՞ց,- պրոֆեսորը նորից գլուխը դուրս հանեց, նայեց ներքև,- քառասուներկուերորդ հարկն է, եթե չեմ սխալվում:
- Չեք սխալվում,- շարունակեց պատասխանել Աղամանդը՝ հեգնելով:
- Իսկ ինչպե՞ս պատահեց, նրան չէի՞ք ամրացրել:
- Դուք իսկապե՞ս տեղյակ չեք կատարվածից,- ոտքերի թաթերին ետ-առաջ ճոճվելով՝ հարցրեց Աղամանդը՝ թերահավատորեն:
- Անգամ չեմ կարողանում հասկանալ Ձեր հարցի իմաստը,- նկատելի վրդովվեց պրոֆեսորը:

- Այդ դեպքում միայն Աբգարը կարող է սպառիչ պատասխան տալ,- հետևություն արեց Աղամանդը, նայեց գիտնականին, նրա հետ բոլորը հայացքներն ուղղեցին նրան:
- Ինքս էլ եմ զարմացած,- անկեղծ զարմանքով՝ ուսերը վեր քաշեց Աբգարը:
- Նաթի՛, գուցե դու՞ք բացատրեք:
- Ոչինչ ասել չեմ կարող,-վերջապես պատից պոկվելով՝ պատասխանեց Նաթին:
- Կապիչներն ամրացվա՞ծ էին,- հարցրեց պրոֆեսորը, մոտեցավ, շոշափեց պոկված ամրագոտիները :
- Այո՛, բայց Աբգարի կատարած ներարկումից հետո, նա կարողացավ կտրել, դուրս նետվել,- բացատրեց Աղամանդը:
- Անհնա՛ր է, կապիչներն արձակվում են միայն թվերի գաղտնազերծման միջոցով, և գիտնականը դա լավ գիտեր,- բացատրեց պրոֆեսորը, դիմեց գիտնականին,-Տվե՛ք ինձ այն ներարկիչը, որով ներարկել եք պատանուն:

Աբգարը մոտեցավ, պահարանից վերցրեց մի ներարկիչ, մեկնեց պրոֆեսորին: Պրոֆեսորը դուրս եկավ: Ներկաները նայեցին նրա հետևից, հետո՝ Աբգարին:

***

Աղջիկը սովորականից վաղ արթնացավ, ալարկոտ իջավ անկողնուց, ուղղվեց լոգարան: Մտավ ցնցուղի տակ, սկսեց երգել: Կարծես նրան ձայնակցեց ուժգին խշշոցն ու աղմուկը: Նա վախեցած ճչալով դուրս նետվեց, վազեց հյուրասենյակ: Փայլող մաշկով, կանաչ, անսովոր փայլող աչքերով պատանին մերկ կանգնած էր սենյակի կենտրոնում: Տեսնելով նրան՝ աղջիկը սկսեց ավելի բարձր ճչալ: Պատանին հանգիստ մոտեցավ, ձեռքով փակեց նրա բերանը, մատը դրեց իր շուրթերին, հասկացնելով նրան՝ լռել: Աղջիկն ակամա ենթարկվեց:

- Դու ո՞վ ես,- հարցրեց նա՝ պատանու գրկից դուրս պրծնելով:
- Սաին եմ, իմ ծնողներն ինձ այդպես էին անվանում, իսկ դո՞ւ:
- Անունս Վիվի է:
- Դու գեղեցիկ ես, քո մաշկն այնտեղի լույսի գույնն ունի, որտեղից ես փախա:
- Իսկ որտեղի՞ց փախար,- հետաքրքրվեց աղջիկը:
- Այնտեղից,- պատասխանեց պատանին՝ ձեռքը վերև մեկնելով:
- Իսկ դու կանաչ աչքն ես և ոչ թե Սաին, որտեղից էլ փախած լինես,- պատասխանեց Վիվին՝ հիացած նայելով նրա անսովոր կանաչ աչքերին,- ինչո՞ւ են քո աչքերը փայլում:

- Չգիտեմ, առաջ չէին փայլում,- պատասխանեց նա, մոտեցավ, նայեց հայելու մեջ,- իմ մաշկը նույնպես փայլում է:

Հայացքը սահեցրեց ներքև, կարծես, միայն հիմա նկատեց իր մերկությունը, նա երկու ձեռքով ծածկեց ամոթը, դեմքով շրջվեց դեպի աղջիկը: Վիվին ծիծաղելով, մոտեցավ պահարանին, նրան շպրտեց առաջին պատահած տաբատը և պիջակը: Սահին նախ հագավ տաբատը, հետո ձեռքերի մեջ շուռումուռ տվեց պիջակը, մի կողմ շպրտեց:

- Ափսո՛ս, այն քեզ շատ կսազեր, քո աչքերի գույնն է,- այնպիսի ափսոսանքով ասաց աղջիկը, նայեց հատակին ընկած պիջակին, որ Սահին այն ետ վերցրեց հագավ:
- Այն իսկապես քեզ շատ սազեց,- հիացմունքը չթաքցնելով՝ ասաց աղջիկը:

Վիվիի համար անսովոր էր նրա տեսքը, թեկուզ գեղեցիկ, որին լրացնում էին անփույթ թափված ածուխի պես սև զանգուրները, փոքր քիթն ու լայն ճակատը: Հնչեց դռան զանգը:

- Հա՛յրս է,- շփոթված արտաբերեց աղջիկը:

Սահին մե՛կ նայեց ջարդված փեղկին, մե՛կ դռանը:

- Ո՛չ,- կռահելով պատանու միտքը՝ բացականչեց աղջիկը՝ նրա ձեռքից քաշելով դեպի ննջարան:

Զանգը կրկնվեց: Վիվին շտապեց դուռը բացել:

- Ների՛ր աղջիկս, քեզ արթնացրեցի, իմ բանալին մոռացել եմ տանը, այսօր մի քիչ ցրված եմ,- խոսելով, առանց կանգ առնելու՝ առաջ գնաց, տեսնելով ջարդված փեղկը՝ վախեցած նայեց Վիվիին, ապա ուղղվեց աշխատասենյակ,- ի՞նչ է այստեղ կատարվել, իմ փաստաթղթե՛րը,- համարյա բացականչեց նա:- Մի՞թե նրանք գտել են:
- Ո՛չ, հայրի՛կ, մի՛ անհանգստացիր, ոչ ոք էլ չի հարձակվել մեր բնակարանի վրա,- հոր հետևից քայլելով՝ փորձեց հանգստացնել Վիվին:
- Իսկ սա ինչպե՞ս հասկանալ,- հարցրեց Աբգարը՝ մոտենալով ջարդված փեղկին,- և հենց այն նույն օրը, երբ...,- Աբգարը, միտքը կիսատ լռեց, գլուխը դուրս հանեց փեղկից, հետո նայեց աղջկան,- Նա ո՞ղջ է,- կիսաձայն հարցրեց նա:
- Ո՞վ:

Գիտնականը, առանց պատասխանի սպասելու, անցավ սենյակից սենյակ:

- Հայրի՛կ, քեզ հետ ի՞նչ է կատարվում,- Հորը հետևելով՝ անընդհատ կրկնում էր Վիվին:

Հայրը կանգ առավ հյուրասենյակում, նայեց աղջկա աչքերի մեջ.

- Կարո՞ղ ես ասել անկեղծորեն՝ ո՞վ է ջարդել փեղկը:

Վիվին շփոթվեց, գլուխը կախ գցեց, շշնջաց.

- Ես:
- Եվ ես հավատացի, եթե հավատամ քո խոսքին, դու ինձ առնվազը հիմար կհամարես,- պատասխանեց Աբգարը, մոտեցավ աղջկա ննջարանին:
- Ո՛չ, հայրի՛կ:

Վիվին փորձեց հորն արգելել մտնելու ննջարան, բայց նա ներս մտավ: Այնտեղ ոչ ոք չկար: Աղջիկը զարմացած նայեց շուրջը, թեաթափ նստեց անկողնում:

- Ի՞նչ պատահեց աղջիկս,- հարցրեց նա, նստեց աղջկա կողքին:
- Ոչինչ:

Վիվին սկսեց լաց լինել: Աբգարն այլևս ոչինչ չհարցրեց, լուռ նայեց ննջարանի փեղկին՝ այն բաց էր:

***

Մարդկանց մի փոքր խումբ, թողած խղճուկ ինչքը, փախչում էր աղքատությունից՝ դեպի օտար ափեր: Կեսօր էր: Հեռու ճանապարհին փոշու ամպ գոյացավ: Նրանք կանգ առան, հետաքրքրված նայեցին այն կողմ՝ կարծես փոշու ամպը հետզհետե վերածվեց մեքենայի և կանգ առավ նրանց մոտ: Հայտնվեցին երկու սևազգեստներ: Սկզբում, անակնկալի եկած, ոչինչ չհասկացան, քիչ հետո, խուճապի մատնված, սկսեցին փախչել: Նրանցից մեկը բռնեց վտիտ մի պատանու, մյուսն արագ բացեց մեքենայի թափքը, նրան խցկեցին այնտեղ: Մինչև մեքենայի ընթացք վերցնելը, մի կին խմբից ետ վազեց, կառչեց թափքից, այն տեղից պոկվեց՝ իր հետևից քարշ տալով աղիողորմ ճչացող կնոջը: Նրա ճիչը խառնվեց մեքենայի շարժիչի աղմուկին: Հետզհետե այն անհետացավ իր զոհի հետ, իսկ բարձրացած փոշին դանդաղ նստեց ամենուր՝ կարծես հանգստանալու:

Ադամանդը ներս մտավ, երբ հերթական պատանին ամրացված էր սեղանին:

- Եկել եմ անձամբ հետևելու,- հայտարարեց նա, սովորության համաձայն՝ ձեռքերը խաչեց կրծքին, սկսեց ոտքերի թաթերին ետ ու առաջ ճոճվել:

Ոչ ոք նրա կողմը չնայեց, յուրաքանչյուրը տարված էր իր գործով:

- Որտե՞ղ է Աբգարը, ես նրան չեմ տեսնում,- հարցրեց նա՝ նայելով պատանուն:
- Դեռ չի եկել,- առանց նրա կողմը նայելու՝ պատասխանեց Նաթին, ներարկիչը ձեռքին՝ մոտեցավ պատանուն:
- Պրոֆեսորը նու՞յնպես,- վրդովվեց Ադամանդը:
- Նույնպես, Դուք գիտեք՝ նրանք գալիս են, երբ ամեն ինչ պատրաստ է լինում,- պատասխանի հետ մեկտեղ՝ Նաթին ուզեց ներարկել պատանուն:
- Սպասի՛ր, Նաթի՛,- անսպասելի կնոջ համար՝ հրամայեց Ադամանդը:

Նա զարմացած նայեց նրան:

- Այդպես ավելի ճիշտ է,- հասկանալով Նաթիի զարմանքը՝ շարունակեց Աղամանդը,- այս դեպքում պրոֆեսորի ներկայությունը պարտադիր է: Զգուշությունը երբեք ավելորդ չի լինում: Սպասե՛նք:

Կինը մնաց շվարած՝ ներարկիչը ձեռքին: Ներս մտավ քառասունին մոտ, արևելյան արտաքինով պրոֆեսոր Բենը: Նրա դիմագծերին համահունչ էին՝ նեղ աչքեր, ուղիղ, ցից մազեր: Նրա հետևից ներս մտավ Աբգարը:

- Պրոֆեսո՛ր, չե՞ք կարծում, նման կարևոր պահերին ուշանալն աններելի է,- զսպված հանդարտությամբ հանդիմանեց Աղամանդը:
- Դա այդպես է, բայց չեմ կարծում՝ ուշացած լինեմ,- պատասխանեց պրոֆեսորը, նայեց թևի ժամացույցին,- Գուցե դու՞ք եք շտապում:

Աղամանդը լուռ դեմքը խոժոռեց: Պրոֆեսորը մոտեցավ պատանուն, ուշադիր նայեց, դժգոհած դիմեց Նաթիին.

- Ինչու՞ մինչև հիմա ներարկում չի կատարվել:

Կինը նայեց Աղամանդին:

- Ես եմ հրամայել սպասել,- միջամտեց Աղամանդը,- որպեսզի չկրկնվեր անցած անգամվա սխալը:
- Կարծում եմ սխալի կրկնությունը ոչ թե անձից է կախված, այլ ներարկչի պարունակությունից, որի տարբերությունն այդպես էլ չկարողացա գտնել,-

պատասխանեց պրոֆեսորը՝ Նաթիի ձեռքից վերցնելով ներարկիչը:

Աբգարը միացավ նրանց: Տիրեց լռություն: Երկու սնաձգեստներ հսկում էին՝ դռան մոտ կանգնած: Ադամանդը նստեց բազմոցին:

- Նա հնազանդ կլինի, ինչպես զառը,- ասաց պրոֆեսորը, Նաթին ետ քաշեց նրա թևքերը: Նա լսելի շշնջաց,- մի օր նրանք կդառնան անկառավարելի:
- Դա բացառվում է, աշխարհը լեցուն է ռոբոտներով, բայց մնում են հպատակված գերիշխան մարդուն,- ինքնավստահ ասաց Ադամանդը:
- Նաթի՛, ի՛նքդ ներարկիր,- մի պահ հապաղելուց հետո, ներարկիչը վերադարձրեց կնոջը:

Նաթին արհեստավարժորեն մոտեցավ պատանուն: Հանկարծ, վերանորոգված փեղկը նորից խշշոցով թափվեց ցած: Մեկը սրընթաց հայտնվեց լաբորատորիայում: Բոլորը ցնցվեցին: Սեղանին ամրացված պատանին զարմանքով նայեց նրան, բացականչեց.

- Սաhի՛:
- Մալե՛,- շշնջաց Սահին, նայեց ներկաներին, նրա աչքերի փայլից մի պահ բոլորը շփոթվեցին:

Երբ նա ձեռքերի վրա կանգնեց սեղանին, Ադամանդը բղավեց.

- Բռնե՛ք նրան, Կանաչ աչքն է, նա վերադարձել է:

Սնազգեստները հարձակվեցին նրա վրա: Պատանին սենյակի շրջանագծով մի պտույտ կատարեց, բոլորը փռվեցին հատակին: Ապակե պահարանը նույնպես ցրիվ եկավ:

- Իմ սիձուկնե՛րը, Արքա՛ր, փրկի՛ր,- շարունակ բղավում էր Ադամանդը:

Սնազգեստները հոլի պես պտտվում էին սենյակով, իսկ պրոֆեսորն ու Նաթին դեռ հատակին էին: Արքարը վայր ընկած տեղից զարմացած նստեց, երբ պատանին հայտնվեց սեղանին ձեռքերի վրա, դուրս նետվեց՝ իր հետ տանելով սեղանը՝ պատանու հետ միասին...

- Ա՜յ քեզ հրա՜շք,- ակամա ծոր տվեց Նաթին՝ տեղում նստելով:
- Սատանայի բաժին դառնա՛ք, անբաննե՛ր,- հոխորտաց իրեն կորցրած Ադամանդը:

Հայտնվեց սատանան:

- Հրամայի՛ր, տե՛ր,- շողոքորթ ժպտալով՝ խոնարհվեց նա:
- Չքվի՛ր, անբա՛ն, երբեք տեղին չես հայտնվում,- բղավեց նա:
- Ինչպես կամենաս, տե՛ր իմ,- գլուխ տալով անհետացավ սատանան:

Աղամանդը սթափվելով նայեց շուրջը. բոլորը սառել էին տեղներում:

- Տեսնում եմ՝ սատանայի հետ այնքան էլ վատ հարաբերություններ չունեք,- տեղից կանգնելով՝ ասաց Աբգարը:- Էլ ինչի՞ համար են այսքան զինվորները:

Աղամանդը մի թունոտ հայացք նետեց նրան:

- Այս դեպքում նա ճիշտ է, հարկավոր չէ նրան հայացքով շանթել,- նույնպես ոտքի կանգնելով՝ նկատեց պրոֆեսորը,- միայն կուզենայի պարզել՝ ո՞վ է այդ հանելուկային Կանաչ աչքը,- նայեց զիտնականին, ժպտաց:

Ինչպես միշտ Աբգարը զարմացած վեր քաշեց ուսերը:

***

Ժամացույցի զարկը տասներկու անգամ հայտարարեց կեսգիշերը: Հրապարակում հայտնվեց Աղամանդը՝ որպես ինքնիշխան, մատներով համբույր դրոշմեց ճակատին շողացող ադամանդին, ապա շոյեց երկար միրուքը:

Հայտնվեց Ջյունահերը.

- Ե՛տ բեր պատանուն,- ղողանջող ձայնով հրամայեց նա:

- Այո՛, Զյունահե՛ր,- չէր հասցրել խոնարհվել նա, կինն անհետացավ:

Նա ձեռքն ակամա տարավ դեպի ճակատը,- «տեղում է»,- շոշափելով քարը՝ շշնջաց նա:
Հրապարակի բարձր պատվանդանի, որը շինությամբ դամբարան էր հիշեցնում, պատերից մեկը ծանր ճռռոցով ետ գնաց: Սկզբում խավարից բացի ոչինչ չերևաց: Ադամանդը բարձրացրեց ձեռքը: Բացված դռնից երևաց բարձրահասակ Աբու-Սահիդը՝ կարճ խուզված միրուքով, սափրած գլխով՝ միայն մի մազափունջ գագաթին: Նա կանգնեց Ադամանդի դիմաց:

- Աբու-Սահիդը ենթարկվում է խաղի կանոններին,- զեկուցեց նա, և նրա ձայնը նման էր դատարկության միջից լսվող զնգոցի:
- Բանակը շարե՛լ հրապարակում,-հնչեց հաջորդ հրամանը:
- Այո՛, Ադամա՛նդ,- պատասխանեց ռոբոտ-զինվորը, վերադարձավ կանգնեց բացված պատի դիմաց:
- Շարվե՛լ հրապարակում,- հրամայեց նա, մի կողմ քաշվեց:

Երևաց շարքի սկիզբը՝ բոլորը միանման. դեմքերին կրում էին նույն սև, կարճ մազածածկը, ինչպես Աբու-Սահիդը և նույն մազափունջը՝ սափրած գլխներին: Բանակը կրում էր լայն տաբատ, սև, զինվորական վերնաշապիկ, մերկ ոտքերին՝ ամառային սանդալներ, նրանցից որոշները թևերին կրում էին մեծ ժամացույցներ, որոնք կողմնացույց էին հիշեցնում: Ադամանդը հիացած հետևում էր իր ստեղծած բանակի շարքերին, երբ սև ամենագնացը արգելակեց հրապարակում: Յուրաքանչյուր դռան մոտ հայտնվեց մեկ սնազգեստ: Հետևի դռնից դուրս եկավ Մարկոսը: Ադամանդը, ինքնավստահ հպարտությամբ, ընդառաջ գնաց նրան:

- Իմ տղաները չե՞ն նեղացրել Ձեզ:
- Ո՛չ, քանի որ միտք չունեի դիմադրել,- պատասխանեց նա՝ թեթևակի ետ տանելով վեղարը:- Ինչու՞ եք ինձ այստեղ բերել, գուցե զարմացնելու՞,- հարցրեց նա, նայեց շարքերի կողմը, որոնց ելքը դեռ շարունակվում էր դամբարանից:
- Ոչ այնքան զարմացնելու, որքան պահանջելու,- պատասխանեց Ադամանդը՝ ձեռքերը ետ դնելով իրար վրա:- Որքան գիտեմ, ինձանից փախչողները դեպի Ձեզ են գալիս:
- Դրանում ի՞նչ կա զարմանալու: Կարծում եմ՝ յուրաքանչյուր մարդ ազատ է իր ընտրության մեջ: Մի՞թե այս ստվար բանակը Ձեզ համար քիչ է:
- Դա չեմ ուզում ասել:
- Իսկ ի՞նչ եք ուզում ասել, պարզե՛ք Ձեր միտքը:
- Վերջին պատանուն պե՛տք է վերադարձնեք:

- Շատերն են վերջինը, նրանցից ո՞ր մեկին նկատի ունեք:
- Նրան հնարավոր չէ շփոթել: Այն վերջինը, որի աչքերը, հակառակ իր ծագման, կանաչ են, ինչպես զմրուխտը:
- Ո՞ր օրենքով եք պահանջում,- նկատելի վրդովվեց Մարկոսը:
- Ոչ մի օրենքով՝ իմ ցանկությամբ, այն վեր է ցանկացած օրենքից:
- Ձեր միտքը հասկանալի է, բայց որքա՞ն երկար եք պատրաստվում խախտել բնության օրենքը:
- Օ՜, միամի՜տ մարդասեր, մի՞թե ակնհայտ չէ՝ օրենքները գրվում են խախտելու համար, և թեկուզ մարդասեր՝ ինքներդ էլ պակաս օրինախախտ չեք:
- Ե՞ս, օրինախա՞խտ,- զարմացավ Մարկոսը:
- Այո՛, Դուք թաքցնում եք ինձ պատկանող անձին:
- Գուցե, բայց մեր ժամանակներում չեմ կարծում՝ այն կոպիտ օրինախախտություն է, առավել ևս բարի գործի համար օրինախախտ լինելը այնքան էլ դատապարտելի չէ, և լավ է, որ Դուք եք ինձ դատողը:

Մարկոսի հեգնանքը չվրիպեց Աղամանդի ուշադրությունից:

- Պատանուն ի՛նձ կհանձնեք, և վե՛րջ,- այս անգամ հոխորտաց Աղամանդը:
- Նրան բռնի ուժով չեմ պահում, առավել ևս, չեմ թաքցնում, պարզապես մտածում եմ այս ամենի

հետևանքի մասին, որը անգամ չգիտեմ՝ ինչպես եք անվանում Դուք:

- Այն հստակ ծրագիր է՝ փրկության ծրագիր:
- Եվ Ձեր այդ ծրագրով մահվան շունչն է ամենուր,- նկատեց Մարկոսը:
- Երջանիկ եմ, որ չասացիք՝ ես եմ մահը հնարել,- հեգնեց Ադամանդը:
- Չեմ հասկանում՝ ո՞րն է այստեղ փրկությունը, Ձեր ծրագրի ո՞ր կետում է այն: Որքան էլ հեգնեք, այն պետք է կանխել:
- Գուցե Դուք կոչումով մարդասեր եք, իսկ ես գործում եմ հանուն մարդկության՝ այսպես է իմ ծրագիրը,- ինքնագոհ շարունակեց Ադամանդը:
- Մտածելու տեղիք է տալիս,- մտահոգ դեմք ընդունեց Մարկոսը, նորից վեղարն իջեցրեց աչքերին,- գուցե Դուք գործում եք ընդդե՞մ մարդկության,- հարցրեց նա՝ կիսատ ժպիտով:
- Որքան էլ տարօրինակ է հնչում, այն մարդու դեմ է՝ հանուն մարդկության:
- Այո՛, իսկապես տարօրինակ է հնչում,- ծոր տվեց Մարկոսը:
- Տարօրինակ մարդիկ են աշխարհը փոխում,- ինքնավստահ շարունակեց Ադամանդը՝ հայացքը սահեցնելով ստվար շարքերով, որի ելքը դամբարանից դեռ շարունակվում էր:
- Եվ Ձեր աշխարհի փոխելը կապում եք այս ռոբոտ-զինվորների հե՞տ, որոնք, համոզված եմ, գիշերը

ցերեկից չեն տարբերում, իհարկե, նույնպես Ձեր ողորմածությամբ: Այս ամենում իմաստ փնտրելը կդիտվի որպես ժամանակի կորուստ:

- Եվ պետք էլ չէ իմաստ փնտրել այնտեղ, որտեղ անձամբ ոչինչ չեք կորցրել, պարզապես պետք է գիտակցել՝ այս ռոբոտ-զինվորներն, ինչպես անվանեցիք, մարդու հնարած քաղաքակրթության արդյունքն են, իսկ նրանից չօգտվելը կրկնակի հանցագործություն է:
- Հարգելի՛ Աղամանդ, քաղաքակրթություն, որպես այդպիսին գոյություն չունի, պարզապես մարդն իր սխալներն արդարացնելու կամ ծածկելու համար հնարել է այդ բառը: Իրականում ամեն ինչ տրվում է բնության կողմից, իսկ եթե Ձեր այդ «քաղաքակրթություն» կոչածը միանձնյա կրող ունենար, դա անպայման Դուք կլինեիք՝ վնասելով անգամ ինքներդ Ձեզ...
- Գուցե առաջին դեպքում, բայց վնասել ինքս ինձ, այն հակասում է իմ սկզբունքներին:

Մարկոսը լուռ նայեց շարքերին, որի վերջին զինվորը լքեց դամբարանը:

- Ձեր հաղթանակից հետո ովքե՞ր են լինելու նրանք, ինչպե՞ս եք հասկացնելու նրանց՝ հաղթանակի լուրը:
- Նրանցից շատերը չեն լինի, իսկ մյուսները հավատարմորեն կպահպանեն իմ իշխանությունը:

- Դուք փորձում եք սարսափի մե՞ջ առնել մեգապոլիսը:
- Հարգարժա՛ն մարդասեր, մարդն ինքն է իրեն սարսափի մեջ պահում: Պետք է գիտակցել նաև այն փաստը, որ Ձեր մարդասիրությունն է մարդուն բազմացրել՝ հասցնելով մինչև մի քանի միլիարդի և բաշխել այս բզկտվող մոլորակին: Լավ նայեք Ձեր շուրջը, ամենուր այդ միլիարդների հետքն է:
- Եվ ո՞րն է այդ հետքը, գուցե քաղաքակրթությու՞նը:
- Աղբը, սովորական աղբը,- հանգիստ պատասխանեց Ադամանդը, ապա շեշտեց,- այդ չանցնող աղբը՝ պոլի-էթի-լե-նային տո-պրա-կներ և շը-շեր,- վանկարկելով վերջին երեք բառերը՝ Ադամանդը դժգոհ նայեց Մարկոսին, որի՝ երկնքի պես կապույտ աչքերը նշմարվում էին վեղարի տակից...- Ուռկանը նետի՛ր ծով կամ օվկիանոս՝ նույն աղբն է,- շարունակեց Ադամանդը,- իսկ ես ինձ տրված հնարավորությամբ կփորձեմ դաս տալ մարդկությանը՝ հանուն բնության:
- Ցավոք, պետք է նկատել՝ մեռնում է կենդանական աշխարհը և նրանց անհետացած տեսակներն ավելանում են կարմիր գրքում...
- Որը նույնպես հնարել է նույն կենդանուն վերացնող մարդը,- նկատեց Ադամանդը:
- Այո՛, դրանում բոլորի մեղքն է: Մի՞թե մարդասեր լինել կամ չլինելը կարող է այս խնդրին որևէ լուծում տալ: Այն արվում է գաղտնի՝ խախտելով

բոլոր օրենքներն՝ առաջին հերթին բնության,- տխուր պատասխանեց Մարկոսը,- հնարավոր է այդ չարիքի դեմն առնել՝ չվնասելով մարդուն...

- Մարդուն չվնասել չի կարելի,- շեշտեց Ադամանդը:
- Ինչպե՞ս հասկանալ: Ձեր ծրագիրն ավելի մարդատյաց է, քան հանուն մարդու: Այդպես չե՞ք կարծում:
- Այնքան էլ այդպես չէ: Բոլոր դեպքում ելքը մեկն է:
- Ո՞րն է,- հետաքրքրվեց Մարկոսը:
- Նույն մարդու միջոցով նոսրացնել մարդկության բազմամիլիոնանոց նյութապաշտությամբ հիվանդ բանակը:
- Դա ե՞լք է, թե՞ կործանում:
- Պատմությունը բազմիցս ապացուցել է՝ այն այնքան էլ նկատելի չի լինի, սարսափելի՝ զուցե...
- Կարծու՞մ եք...
- Համոզված եմ՝ աղքատ խավը, ինչու՞ չէ նաև փոքր ազգերը մեծ տերություններին պետք չեն: Նրանք ամենուր հայտնվում են ոտքի տակ: Խոհեմ կլիներ սկսել հենց նրանցից:
- Չե՞ք կարծում՝ վաղուց եք սկսել,- պատասխանեց Մարկոսը՝ գլխով ցույց տալով շարքերը,- Դուք ուզում եք կրկնել նախնիների սխալը, որի իրավունքը չունեք, եթե այն ընդհանուր խնդիր է:
- Ի՞նչ նկատի ունեք,- զարմացավ Ադամանդը:
- Ինչու՞ եք կրկնում նույն սխալը, ինչու՞ հակառակը չեք անում: Չէ՞ որ բնությունը մեծ վնաս է կրում

հենց այդ հզոր տերերից: Աղքատն ի՞նչ վնաս կարող է տալ բնությանը:

- Ժամանակն ինքը կհոգա այսպես կոչված այդ հզոր տերերի մասին: Դա այլ խնդիր է:
- Նաև հարց է՝ մինչ ժամանակը կհիշի այդ հզոր տերերին, որքա՞ն չարիք կհասցնեն նրանք գործել ի վնաս մարդկության և բնության...
- Համամիտ եմ, նաև չեմ թաքցնում՝ այդ հարուստ ուտիչները նաև իմ սրտով են:
- Ինչպե՞ս հասկանալ, Դուք հակասում եք ինքներդ Ձեզ,- նկատեց Մարկոսը:
- Այստեղ հակասություն չկա, պարզապես նրանք իրենց ախորժակով տարված են ինքնաոչնչացմամբ, իսկ իմ առաքելությունն այլ է...
- Ո՞րն է,- ավելի մեծ հետաքրքրությամբ հարցրեց Մարկոսը:
- Մարդն է, մի՞թե հարուստներն էլ նույնը չեն անում,- ինքնավստահ ժպտաց Ադամանդը...
- Կարծում եք Ձեր առաքելությունը դրակա՞ն ավարտ կունենա:
- Չեմ կարողանում կռահել հարցի իմաստը:
- Այն, երբ արհեստականորեն մարդու ուղեղը լվանում եք՝ նրան դարձնելով մարդատյաց ռոբոտ,- բացատրեց Մարկոսը՝ գլխի շարժումով ցույց տալով անշարժ շարքերը...
- Թանկագի՛ն մարդասեր, անհանգստանալու հարկ չկա, այսպես, թե այնպես, մարդն իր մեղքով

վաստակել է մահը, իսկ իմ ծրագիրը պարզապես մի քիչ արագացնում է այդ ընթացքը:

- Եթե վաստակել է, ապա ինչի՞ համար է այս այլակերպությունը,- հարցրեց նա՝ նորից ցույց տալով շարքերը:
- Տեսնում եմ Ձեր մարդասիրությունը սահման չունի:
- Իմ կոչումն է լինել մարդասեր...
- Տեսնենք, թե որքանով կարդարացնեք Ձեր մարդասիրությունը, իսկ մեր խոսքը շատ երկարեց: Լավ գիտեք՝ երկար խոսքը գործի թշնամին է:

Մարկոսը նայեց հորիզոնին. այն արդեն կապտում էր:

- Լուսանում է,- շշնջաց նա:
- Իմ ռոբոտ-զինվորները կգործեն ամենուր:
- Հետևանքը սարսափելի կլինի,- նկատեց Մարկոսը:
- Դա արդեն կարևոր չէ, քանի որ այդ քաոսում հաղթողներ և պարտվողներ չեն լինի, կլինեն բազում դատապարտվողներ...
- Իսկ ու՞ր մնաց Ձեր հաղթանակը, նորից հակասում եք ինքներդ Ձեզ...
- Իմ հաղթանակն այլ բնույթ ունի:
- Ինչպե՞ս հասկանալ,- զարմացավ Մարկոսը:
- Պարզապես կատարվող իրադարձությունները շահութաբեր կլինեն ինձ համար:
- Իսկ եթե այն դառնա անկառավարելի՞, և Դուք հայտնվեք Ձեր փորած փոսի մե՞ջ:

- Այդ խնդրի շուրջ ևս մտածողներ կծնվեն, իսկ ես սովոր եմ ուրիշի համար փոս փորել, և այնտեղ միշտ այդ ուրիշն է հայտնվում, այնպես որ...
- Չեմ կարծում՝ դա լավ միտք է, այս զանգվածը զուրկ է զգայարաններից, որին Դուք բանակ եք անվանում: Շատ չարիք կգա նրանից...
- Զինվորին զգալ պետք չէ, այն նրան դարձնում է խոցելի և միայն կխանգարի վճռական պահին...,- շարունակեց իրենը Աղամանդը:

Մարկոսը խորը հոգոց հանեց, քայլեց դեպի մեքենան:

- Մտածե՛ք, մարդասե՛ր, մտածե՛ք, մի՞թե հենց Ձեր մարդասիրությունը չի գործի ընդդեմ մարդու...

Մարկոսը կանգ առավ, մի պահ նայեց ռոբոտների վերածված շարքերին:

Աղամանդը մոտեցավ սևազգեստներին.

- Տարե՛ք նրան ետ, նա համաձայնեց,- հրամայեց Աղամանդը: Մարկոսը զարմացած նայեց նրան, նստեց մեքենան:

***

Անապատի պռկին՝ ավազուտներում, ուր հավերժ թագավորում էր կիզիչ արևը, իրար կից գոյատևում էին մի քանի փոքրիկ գյուղեր: Այնտեղի բնիկներն օրերով թափառում էին օրվա ապրուստը հոգալու համար, իսկ քարաքոսը նրանց հիմնական վառելիքն էր... Արևածագից առաջ, երբ միայն կապտում էր երկինքը, անապատին հարող գյուղից դուրս եկավ մի տղամարդ՝ միջին տարիքի, կիսաճերմակած զանգուրներով, որոնք կիզիչ արևից ժանգագույն էին դարձել: Նա կանգ առավ գյուղի ծայրամասի տան մոտ, ձեռքերը պարզեց վեր, սկսեց աղոթել... Հորիզոնի շիկնելու հետ, նրա շուրջը հավաքվեցին գյուղերի բնիկները... Կանայք գալիս էին ծծկեր երեխաները շալակներն առած, իսկ փեշերից քարշ էին գալիս կիսամերկ, կմախքացած փոքրիկները... Տղամարդիկ ձեռքներին ունեին մեծ ու անտաշ ձեռնափայտեր: Երբ բոլորը հավաքվեցին առաջինը հայտնված տղամարդու շուրջը, նա բաժանվեց ամբոխից, բարձրացավ մոտակա տան կտուրը: Տիրեց լռություն:

- Մեր նախնիները մեզ բարեբեր հողեր էին թողել,- սկսեց նա,- ուր գետի պես հոսում էին ոսկին և ադամանդը, սակայն մեր թուլակամությամբ տարիների հետ տանուլ տվեցինք մեր զանձերը: Այսօր մեզ բաժին է հասել այս ավազե երկիրը, որտեղ կարողանում են գոյատևել միայն օձերն ու կարիճները, և որտեղ մենք դատապարտված ենք սովամահության: Դարեր շարունակ սպիտակները կեղեքել են մեզ, քշել ստրկության՝ սեփականացնելով մեր զանձերը: Նրանք իրենց նախնիներով, ներկա և ապագա սերունդներով պարտական են մեզ, բայց նրանց ճոխ սեղանից մեզ բաժին է հասնում միայն փշրանքները, նաև տարօրինակ հիվանդություններ, որոնք կանխվում են, երբ վտանգ է սպառնում մարդկությանը...

Բոլորն աղմկեցին: Հռետորը բարձրացրեց ձեռքը, տիրեց լռություն:

- Տիրող աղքատության ճիրաններից ելքը մեկն է,- շարունակեց նա:
- Ո՞րն է,- լսվեց այս ու այն կողմից:
- Արտագաղթել ավազե երկրից, խառնվել նրանց:
- Անհնար է,- ձեռքը թափ տվեց առջևում կանգնած տղամարդը,- ավելի հեշտ կլիներ պահանջել վերադառնալ մեր նախկին հայրենիքը:
- Ոչ ոք մեզ չի լսի, նրանք մեզ աննկատ կոչնչացնեն:
- Իսկ մի՞թե այսպես մենք չենք գնում մահվանն ընդառաջ,- հարցրեց մեկ այլ տղամարդ, որի ոսկորներն, ինչպես շատերինը, ընդգծվում էին մաշկի տակից:
- Գիտեմ՝ դժվար է լինելու,- պատասխանեց առաջնորդը:
- Ծովը թույլ չի տա, մենք այնտեղ չենք հասնի,- ասաց վերջում կանգնած մի տղամարդ:

Հռետորը բարձրացրեց ձեռքը, դժվարությամբ լռեցրեց նրանց:

- Մեր միակ ելքը ծովն է, որքան էլ այն դժվար լինի,- խոսքն ավարտելուց հետո՝ նա ցած իջավ տանիքից:

Դժգոհության շշուկները խառնվեցին ցնծության պոռթկումին... Ժամեր հետո մեծամասնությունը շարժվեց դեպի ծով: Քչերը վերադարձան իրենց տները: Առջևից քայլում էր առաջնորդը՝ գլուխը բարձր բռնած, ձեռքին մեծ, անտաշ ձեռնափայտ: Նրա կողքով քայլում էր գեղեցկադեմ մի պատանի, որի կիսամերկ մաշկի տակից ընդգծվում էին բոլոր ոսկորները: Ճամփորդների համար օրերը գլորվում էին քառակուսի անիվի պես: Ծարավ ու փոշեկուլ մարդկանց մեծ խումբը երկարատև տանջալից օրերից հետո վերջապես հատեց անապատը՝ ոտք դնելով ափամերձ ավազին: Նրանց՝ տոթակեզ արևին սովոր մարմինները փշաքաղվեցին... Մեծերն անվերջ տրտնջում էին, իսկ փոքրերը՝ լաց լինում: Ավելի փոքրիկ երեխաները կախված էին մայրերի դատարկ ստինքներից:

- Ռադի՛,- հոգնաբեկ շարքի վերջից ձայն տվեց մի կին: Առաջնորդը կանգ առավ, ետ նայեց՝ ձայն տվող կինը ոտքերը հազիվ էր քարշ տալիս...
- Վերի՛, օգնի՛ր մորդ,- առանց կարեկցանքի՝ դիմեց իր կողքով քայլող պատանուն:

Վերին ետ վազեց, բռնեց մոր թևից, կինը չոքեց:

- Որդի՛ս, այլևս ուժ չունեմ, թո՛ղ ինձ այստեղ,- հազիվ շշնջաց նա:
- Ո՛չ, մայրի՛կ, դու կարող ես, վե՛ր կաց,- պատանին փորձեց ոտքի հանել մորը:

- Վերի՛, զավա՛կս, երբ այնտեղ հասնես, գտի՛ր եղբորդ,- հորդորեց կինը, նորից չոքեց:

Հին ու քրքրված հագուստի տակից երևում էր կնոջ ոսկրացած ու հյուծված մարմինը: Պատանին հուսահատ նստեց մոր մոտ, գլուխը դրեց ծնկներին, նայեց խմբի հետևից: Ծովից փչող զով քամին, կարծես սթափեցրեց կնոջը: Նա շարժվեց: Վերին ուրախացած ոտքի կանգնեց օգնեց մորը, հենեց իր վրա, քայլեց հեռացող խմբի հետևից... Շուտով երկու գերբեռնված նավեր լողում էին գիշերային ալեծուփ ծովում, և թվում էր՝ ամեն անգամ նրանք հրաշքով են մնում ջրի երեսին՝ յուրաքանչյուր ընթացող ալիքից հետո, որոնք երբեմն փլվում էին հենց նավերի մոտ, իսկ հաճախ հսկա ալիքները թռչելով գալիս էին և հանկարծ կորչում: Թվում էր, թե ծովն իր քմահաճությամբ խաղ է անում այդ տարաբախտների հետ՝ ամեն անգամ թրջելով նրանց մինչև ոսկորները... Յուրաքանչյուր ալիքի հետ Վերիի սիրտը կուչ էր գալիս: Նա չէր հեռանում հիվանդ մոր մոտից, բայց անհանգստանում էր հոր համար, ուստի մոր ձեռքը բռնած, նստած տեղից վիզը երկարացնում էր և երկար ժամանակ խավարի մեջ փնտրում էր առջևից ընթացող նավին: Երկինքը սկսեց կապտել: Պատանին վեր նայեց՝ աստղերը ծիկրակելով անհետանում էին: Թվում էր՝ խավարը գունատվում է: Նրա դեմքին խաղաց հույսի նշույլը: Առջևի նավը թեքվեց կողքի: Պատանին սարսափահար ոտքի կանգնեց: Երևաց հեռվից

ընթացող հսկա, փրփրադեզ ալիքը: Վերին թվաց՝ այն երախը բացած շտապում է՝ կուլ տալու ղժբախտներին... Ալիքը շառաչով անցավ երկու նավերի վրայով:
Պատանին ուշքի եկավ այրող արևի ճառագայթներից: Նայեց երկնքին՝ այն կապույտ էր: Երերալով ոտքի կանգնեց: Օրն արևոտ էր, իսկ ծովը՝ խաղաղ, կարծես, արևը մանր արծաթ էր շաղ տվել ջրի մակերեսին... Նրան թվաց՝ կատարվածը մղձավանջային երազ էր: Նայեց շուրջը. բոլորը պառկած էին: Երբ սկսեցին դանդաղ շարժվել, կարծես արթնանալով խորը քնից, Վերին հիշեց մորը, շտապեց այնտեղ: Մոր տեղը դատարկ էր: Փլվեց հատակին, սկսեց դառնորեն լաց լինել, բայց անսպասելի ոտքի կանգնեց, վազեց դեպի նավի քթամասը, նայեց հեռուն: Առջևից լողացող նավը չէր երևում: Նա բազերիքից բռնեց, կախվեց առաջ, սկսեց կանչել.

- Հայրի՛կ,- պատանու հեծկլտանքը խառնվում էր լացին, ձայնը խեղդում...

***

Որքան ավելանում էր ռոբոտ-զինվորների թիվը, նույնքան ավելանում էր քաղաքի եղյամապատ տարածքը. թվում էր՝ մեգապոլիսում իրար են խառնվել զարունն ու ձմեռը:

Երկնաքերի քառասուներկուերրորդ հարկից դուրս նետվելով՝ Սաին, սեղանը փետուրի թեթևությամբ վեր պահած, սլանում էր փողոցներով: Նա այնքան գնաց, մինչև քաղաքը մնաց հետևում: Կանգ առավ, նայեց հեռուն՝ երևաց միայնակ տունը: Շտապեց այն կողմը:

- Մարկո՛ս, ես նրանցից խլեցի նրան,- ասաց նա՝ բակում հանդիպելով նրան, ապա սեղանը պատանու հետ ցած դրեց...
- Կանա՛չ աչք,- բացականչեց նա, ուրախացած ընդառաջ գնաց,- իսկ չէի՞ր կարող միայն պատանուն ազատել նրանցից:
- Այդպես էլ արել եմ,- միամիտ պատասխանեց Սաին:
- Ո՛չ, դու նրանցից խլել ես նաև սեղանը, որը հազիվ թե մեզ պետք գա,- ծիծաղելով պատասխանեց Մարկոսը, մոտեցավ սեղանին:- Պետք է ազատել նրան, իսկ ինչպե՞ս- ասաց նա, սկսեց ուսումնասիրել ամրագոտիները՝ փորձելով բացել:- Ոչինչ չի ստացվում,- թևաթափ ետ կանգնեց նա:- Ի՞նչ պետք է անենք,- երբ պատասխանող չեղավ, նայեց շուրջը. պատանին չկար:

Մինչ Մարկոսը պատանուն սեղանով փորձում էր ներս տանել, հայտնվեց Սաին՝ Աբգարին համարյա ցած նետելով:

- Դու իրավունք չունես՝ նրա հետ այդպես վարվելու,- տեսնելով Մարկոսը հանդիմանեց

Սաիին, ապա դիմեց գիտնականին,- Աբգա՛ր, ազատե՛ք նրան ամբազոտիներից:

- Նա նույնպե՞ս այստեղ է,- ուրախացավ Աբգարը, մոտեցավ, սեղմեց մի քանի թվային կոճակներ՝ գոտին արձակվեց, պատանին նստեց տեղում:
- Ինչպե՞ս է անունդ,- հարցրեց գիտնականը:
- Մալե,- պատասխանեց պատանին, հոգնատանջ հայացքով նայեց բոլորին:
- Մահմու՛դ,- ձայն տվեց Մարկոսը:

Երևաց քսանն անց մի երիտասարդ, որի արտաքինը ոչնչով չէր տարբերվում ռոբոտ-զինվորների արտաքինից: Մոտեցավ, լուռ կանգնեց:

- Կերակրի՛ր պատանուն, հագուստ տու՛ր նրան, իսկ դու՝ Կանաչ աչք, հարգանքո՛վ վերաբերվիր գիտնականին,- նորից հանդիմանեց նա:

Սաին զարմացած նայեց նրան:

- Դուք նրան պաշտպանու՞մ եք:
- Ո՛չ, պարզապես պարտավոր ես հարգել նրան:
- Բայց նա Ադամանդի հրամանով է ներարկում բոլորին...
- Եվ այդպես է և այդպես չէ, Կանա՛չ աչք,- հանգիստ պատասխանեց Մարկոսը՝ ձեռքը դնելով պատանու ուսին:

Սաին, ավելի զարմացած, նայեց նրան:

- Այո՛, այո՛, այդպես մի՛ նայիր: Նա նաև հակառակն է կարողանում, ինչպես դա արեց քեզ հետ:
- Ես ավելին ոչինչ չեմ անում, միայն իմ աշխատանքն եմ կատարում, և Դուք լավ գիտեք՝ այնտեղ ոչ միշտ եմ իրավիճակի տերը, վերջապես այնտեղ կա պրոֆեսոր, կա Նաթի, որը...
- Այսինքն՝ Դուք իսկապե՞ս երկու տիրոջ եք ծառայում:
- Համարյա,- Աբգարի փոխարեն պատասխանեց Մարկոսը, մոտենալով պատանուն՝ խորհրդավոր ժպտաց:
- Մի՞թե նա այդպես ավելի վտանգավոր չէ, քան Աղամանդը...
- Գուցե այդպես, բայց մենք այլ ընտրանք չունենք:

Սաին փայլող աչքերը սևեռեց գիտնականին:

- Կանա՛չ աչք, հայացքդ օգտագործի՛ր Աղամանդի դեմ, իսկ գիտնականին խնայի՛ր, նա դեռ մեզ պետք է,- սաստեց Մարկոսը:
- Միևնույն է՝ լավ մարդիկ նրան չեն ընդունի, իսկ նրա նմանները չեն հանդուրժի,- վիրավորված շեշտեց Սաին:
- Աբգարին, որպես գիտնական, միշտ և բոլորը կհանդուրժեն այնքան, որքան դեռ անհրաժեշտ կհամարեն:

Սային զլուխը կախեց, լուռ նայեց գիտնականին:

- Ե՛տ տար նրան, եթե նա ծածուկ գործի ընդդեմ մարդկության, կպատժվի, իսկ եթե գործում է ի սեր մարդկության, ցավոք, դարձյալ կպատժվի, քանի որ ինչպես նկատեցինք, նա ստիպված է երկու տիրոջ ծառայել, իսկ տերերն իրենց հերթին տանել չեն կարողանում երկերեսանի ծառաներին:
- Թո՛ղ Ձեր կամքը լինի,- պատասխանեց Սաին, անհետացավ գիտնականի հետ:

***

Մարկոսի պահանջով Սաին գիտնականին ետ տարավ, ներս հրեց լաբորատորիայի պատշգամբից, ինքը մնաց զոզին կանգնած: Հագուստն ուղղելով՝ գիտնականը հնասպառ նստեց աթոռին.

- Ահա՛ թե ինչպես ես վարվում փրկարարիդ հետ,- խոցված արտաբերեց Աբզարը:
- Ձեզ վերադարձրեցի Ձեր տեղը, իսկ հիմա ասե՛ք՝ որտե՞ղ է Աղամանդն՝ իր բանակի հետ:
- Այնտեղ՝ հրապարակում,- ակամա արտաբերեց Աբզարը:

Սաին նայեց մեգապոլիսին, սլացավ ներքև: «Այս ի՞նչ արեցի»,- պատանու հետևից կախվելով լուսամուտից՝ մրմնջաց գիտնականը:
Եղյամը սպիտակ շղարշով շարունակում էր նստել քաղաքի վրա՝ իր մեջ առնելով հրապարակը: Սային կանգ առավ հրապարակում, նայեց դամբարան

հիշեցնող պատվանդանին: Կողմնորոշվելու համար մի պտույտ կատարեց նրա շուրջը: Անտես մի ուժ անկնթարթորեն բարձրացրեց ուժեղ քամի: Փչող քամու հետ դեղնած տերևներն ավազախառն օդ բարձրացան: Խավարը մտավ իր տարերքի մեջ: Քամու ձայնը վերածվեց սուլոցի: Նրա աչքերը փայլեցին, այն, շանթի վերածվելով, անցավ պատվանդանի միջով: Պատերից մեկը ծանր ճռռոցով տեղի տվեց: Առաջին պահին խավարից բացի ոչինչ չերևաց: Պատանին ներս մտավ, նրա հետևից դուռը փակվեց: Նրա աչքերը լուսավորեցին շուրջը: Երևացին վեր տանող աստիճանները: Սաին նայեց ներքև՝ աստիճանները շարունակվում էին նաև այնտեղ: Մի պահ երկմտեց, ուղղվեց ներքև: Աստիճանները վերջանալուց հետո, երևաց լայնարձակ սրահը, այն լուսավորվեց եղյամյա սառը սպիտակ լույսով, իսկ պատերից սկսեցին առկայծել անթիվ դեղին կուրացնող լույսեր: Յուրաքանչյուր մարումից հետո ավելանում էին ռոբոտ-զինվորների շարքերը: Առաջ եկավ բոլորից մի գլուխ բարձր, թիկնեղ ռոբոտ-զինվորը:

- Ի՞նչ է կամենում հրամանատարը,- հարցրեց նա՝ իր յուրօրինակ ձայնով:
- Ո՞վ ես դու, ինչու՞ ես ինձ հրամանատար անվանում:
- Որովհետև դու հրամանատար ես,- պատասխանեց ռոբոտ-զինվորը:
- Դու ո՞վ ես,- հարցը կրկնեց Սաին:

- Աբու-Սաիդն եմ՝ ռոբոր-զինվոր:
- Աբու-Սաի՛դ, որտե՞ղ է Ադամանդը:

Ռոբոտ-զինվորը նայեց վերև տանող աստիճաններին:

- Հակառակ ուղղությամբ եք եկել, տերերը երբեք ծառաների հետ չեն ապրում:

Սաին սլացավ վեր: Աստիճանները վերջանալուց հետո երևաց սպիտակ սրահը, ուր ամեն ինչում իշխում էր ոսկյա գույնը: Բազմոցները ճերմակին էին տալիս ոսկեզօծ երիզներով: Ձյունաճերմակ սիրամարգն, իր գեղեցիկ փետուրները բացած, ճեմում էր սրահով՝ երբեմն արձակելով անճոռնի կռինչ: Սաին այդ ճոխության մեջ սկսեց փնտրել Ադամանդին: Ահա հայտնվեց նա՝ սպիտակազգեստ, ինչպես միշտ, չալմային շողում էր սպիտակ, խոշոր ադամանդը: Սաին մնաց աննկատ, երբ կլոր սեղանի շուրջ նրան միացան Աբզարը և պրոֆեսոր Բենը:

- Որքա՞ն զինվոր ունենք պրոֆեսոր,- հարցրեց Ադամանդը՝ մի կում անելով կարմիր գինուց:
- Նոր հնարավորությու՞ն ունենք,- հարցրեց պրոֆեսորը ոգևորված:
- Հնարավորությունը երբեք էլ խնդիր չի եղել ցանկության առկայության դեպքում,- ինքնավստահ պատասխանեց Ադամանդը,- ուզում եմ ասել՝ գործելու պահն է:
- Ու՞մ դեմ է այն ուղղված,- հետաքրքրվեց գիտնականը:

- Ոչ ոքի, ուզում եմ տեսնել իմ ստեղծած բանակի ուժը,- ցուցամատը դեպի վեր՝ պատասխանեց Ադամանդը:
- Ոչինչ չեմ հասկանում,- սովորության համաձայն՝ ուսերը վեր քաշեց Աբգարը:
- Պրոֆեսո՛ր, մի խումբ ռոբոտ-զինվորներ,- գիտնականին թողնելով անպատասխան՝ Ադամանդը մի կում արեց գինուց, շարունակեց,- արևմտյան թևի համար մեզապոլիսը պետք է սպիտակ գույն հագնի՝ որպես լիարժեք հաղթանակի խորհրդանիշ:
- Ինչու՞ անպայման արևմտյան՝ Ձեզ համար միևնույն չէ՞,- զարմացավ պրոֆեսորը:
- Ոչ այնքան: Ես այդպես եմ ցանկանում:

Նրա քմահաճ պատասխանից նկատելի վրդովվեց պրոֆեսորը:

- Աբգա՛ր, Աֆրիկա ուղարկելու համար սիճուկը պատրա՞ստ է: Ես իմ վրեժն այդ Կանաչ աչքից ցանկացած կերպ կհանեմ, և նա կգա դեպի ինձ՝ զարմացած իմ հնարավորությունից,- նույն ոգևորությամբ շարունակեց Ադամանդը:
- Այո՛, կաշխատեմ...,- նկատելի ընկճված պատասխանեց գիտնականը:
- Այն ևս պետք է ժամանակին տեղ հասցնել:
- Տեսնում եմ՝ բոլոր ասպարեզներում մարդուն տանջելը Ձեզ բավականություն է պատճառում,- նկատեց Աբգարը:

- Ցանկացած վերաբերմունքի մարդն արժանանաում է իր բնությամբ և արարքով: Պետք չէ խղճալ թույլին՝ մի օր էլ ինքդ կնմանվես նրան...

Սաhին մաքրեց ճակատի քրտինքը, փորձեց աննկատ դուրս գալ սրահից:

- Կանաչ աչքն օգնության կարիք ունի,- վանկարկեց Աբու-Սաhիդը՝ հայտնվելով նրա կողքին:

Սաhին մատը դրեց իր շուրթերին՝ փորձելով լռեցնել նրան, բայց նա ավելի մոտեցավ, կրկնեց.

- Կանաչ աչքն օգնության կարիք ունի:

Սեղանի շուրջը նստածները նայեցին Աբու-Սաhիդի կողմը:

- Այո՛, դու՛րս տար ինձ աննկատ,- տեսնելով ռոբոտ-զինվորից հենց այնպես չի ազատվի, հրամայեց նա:
- Այո՛, հրամանատա՛ր,- պատասխանեց զինվորը, փետուրի թեթևությամբ պատանուն կտրեց հատակից, ուղղվեց դեպի դուռը:
- Տեսե՛ք, նույն ինքը՝ Կանաչ աչքը,- անակնկալի եկած, բղավեց Աղամանդը, տեղից վեր թռավ,- ինչպե՞ս է նա հայտնվել այստեղ:

Աբգարի դեմքը շառագունեց, աչքերն այնպիսի ուժով փակեց, երևացին միայն երկու գծեր:

- Սպասե՛ք, Դուք այդպես ոչնչի չեք հասնի,- միջամտեց պրոֆեսորը,- զինվորը կատարում է նրա հրամանը, և չի ենթարկվի Ձեզ, մինչև առաջին հրամանը չավարտի: Այսպես Դուք միայն Ձեզ կվնասեք:

Աղամանդը նստեց տեղը:

- Վեղարն է նրան ինձ մոտ ուղարկել,- ետ ընկնելով բազկաթոռին, ափսոսանքով հոխորտաց Աղամանդը:
- Չեմ կարծում,- առարկեց պրոֆեսորը:
- Ինչու՞ ռոբոտ-զինվորը նրան հրամանատար անվանեց,- անհանգստացավ Աղամանդը՝ հարցական հայացքը ուղղելով Աբգարին,- պարզվում է՝ Ձեր ներարկումն այնքան էլ պատահականություն չէր, պարո՛ն գիտնական:

Աբգարը լուռ մի կում արեց գինուց, նայեց Աղամանդին:

- Խոստովանե՛ք, գիտնակա՛ն, ի՞նչ սիճուկ եք ներարկել այդ կանաչ աչքերով պատանուն:
- Ինքս էլ չեմ հասկանում, այն իմ հերթական ներարկումն էր, պատահականությամբ, ինչպես միշտ, վերցրել եմ պահարանից: Գուցե ուրիշ պատվիրատուի էր...
- Եվ Դուք այդ ուրիշի պատվերը կատարեցիք հենց իմ ներկայությամբ...
- Իհարկե, ո՛չ,- նկատելի նյարդայնացավ գիտնականը,- կրկնում եմ՝ գուցե շփոթել եմ սրվակները:

- Աբգա՛ր, Ձեր պատճառաբանությունը կարող է հիմարացնել միայն Ձեզ: Տեսե՛ք, սիրելի՛ գիտնական,- մատը թափ տալով՝ շարունակեց նա,- այն ինձ վրա թանկ է նստել, իսկ Ձեզ վրա կրկնակի թանկ կնստի,- Աղամանդը լռեց, նայեց դռան մոտ կանգնած երկու սնազգեստներին,- այո՛, այո՛, թանկագին գիտնական, երեխան ծնողի թույլ տեղն է...

Աբգարը կուչ եկավ:

- Ինչ էլ արժենա, ես կստանամ այդ պատանուն,- ատամների արանքից փշշացրեց Աղամանդը, ոտքի կանգնեց, նրան հետևեցին պրոֆեսորն ու Աբգարը...

***

Կանաչ աչքը դամբարանից դուրս եկավ, հայտնվեց քաղաքում. այն վառվում էր էլեկտրական լույսերի մեջ: Լուսաբացը հեռու չէր... Պատանին սկսեց վազել, նրա վազքի հետ սաստկացավ քամին, քամու հետ օդ բարձրացան ավազախառը դեղին տերևները: Օդը պղտորվեց: Նա այնքան վազեց, մինչև հասավ ծանոթ երկնաքերի դիմաց, հայտնվեց բարձրահարկ պատշգամբին, նայեց ներս, տեսնելով աղջկան՝ թակեց լուսամուտը: Վիվին տեղից վեր թռավ, բացեց այն:

- Այս անգամ չուզեցի փշրել ապակին,- ժպտաց Սաին՝ ներս մտնելով:
- Դու որտե՞ղ էիր:

Սաին առանց պատասխանելու՝ բռնեց նրա ձեռքը, դրեց իր կրծքին:

- Սա ի՞նչ է...
- Քո սիրտն է, այն արագ է բաբախում:
- Նա ինձ ստիպեց քեզ մոտ վերադառնալ,- ասաց պատանին, նայեց աղջկա աչքերին, հետո հայացքն իջեցրեց,- չեմ կարող երկար նայել քո աչքերին...

Վիվին գլուխը դրեց նրա կրծքին:

- Քեզանից ջերմություն է փչում:

Սային շոյեց նրա երկար մազերը, որոնք անփութորեն թափված էին մեջքին:

- Իսկ քո մազերը նման են ոսկու...

Վիվին շոյված նայեց նրան, կանգնեց թաթերին, համբուրեց պատանու շուրթերը, իսկ նա աչքերը փակեց, տուրք տվեց մարդկային թուլությանը...
Արևը ջերմ ժպտում էր, երբ պատանին լքեց երկնաքերի պատշգամբը: Տարված անծանոթ, հաճելի զգացողությամբ, հայտնվեց բնության մեջ: Նրա համար բնության յուրաքանչյուր մասնիկը սեր էր շշնչում...
Գիտնականը մտահոգ, կարծես, աշխարհից թաքնվել էր բնության այդ անհայտ անկյունում, երբ Սաին լուռ

նստեց նրա կողքին: Աբզարը տեսնելով նրան, զարմացավ.

- Ինչպե՞ս գտար ինձ...
- Եթե փնտրեի, չէի գտնի, բայց հանդիպեցինք պատահական: Հաճա՞խ եք այստեղ լինում:
- Ո՛չ, երբեմն: Ժամանակի խնդիր է: Երբ կարողանում եմ՝ բնությունն օգնում է՝ կարգավորելու մտքերս...
- Եվ նույն մտքերը, որը տալիս է Ձեզ բնությունն, օգտագործել ընդդեմ բնությա՞ն:

Աբզարը զարմացած նայեց նրան:

- Ինչու՞ եք այդպես նայում: Զարմացա՞ծ եք, թե անկիրթ աֆրիկացին ինչպե՞ս կարող է նման մտքեր ունենալ:

Աբզարը ժպտաց:

- Համամիտ չեմ, քանի որ մենք՝ գիտնականներս, գիտությունը զարգացնում ենք հանուն մարդկության:
- Ինչպիսի՞ մարդասիրություն, մի՞թե բոլոր սպանող զենքերը գյուղացին է ստեղծել կամ այն սիճուկը, որն Աղամանդի հրամանով պետք է Աֆրիկա ուղարկեր, թեկուզ սա,- ասաց պատանին, գրպանից ցույց տվեց փոքրիկ սրվակը:
- Որտեղի՞ց այն քեզ, ե՛տ վերադարձրու...
- Ինչու՞ այս մասին ոչինչ չեք խոսում...

- Վերադարձրու՛, այն ես երկար եմ փնտրել...
- Այն ինձ մոտ է այն օրից, երբ Զեզանից փրկեցի Մալեին:
- Այն բացառապես ինձ է պատկանում, ո՛չ Աղամանդին, վերադարձրու՛,- կրկնեց Աբզարն՝ աչքը չկտրելով սրվակից:
- Կարծում եմ, այն վերացնելով, մեծ վնաս կպատճառեմ Ձեզ,- ժպտաց Սաին՝ փորձելով ջարդել այն:
- Ո՛չ, Մարկոսը թույլ չի՛ տա, և դու սրվակը կվերադարձնես հենց նրա պահանջով:

Պատանին մե՛կ նայեց սրվակին, մե՛կ գիտնականին, լուռ վերադարձրեց...

- Հաճախ ես այնտեղ հրաման կատարող եմ, իսկ հիմնականում մեղավորը ենթական է և ոչ հրամայողը: Ես չգիտեմ՝ ինչ է հետապնդում այս ամենին, բայց այսօր մարդն իր փնտրտուքով մարտահրավեր է նետել հենց իր դեմ,- ետ ստանալով սրվակը՝ պատասխանեց նա:
- Ես կպայքարեմ Աղամանդի դեմ,- հանկարծ հայտարարեց Սաին:
- Ցանկացած պատերազմ կամ անկարգություն, որտեղ կարող է լինել մարդկային զոհ, Աղամանդի սրտով է: Սկսելով պայքարել՝ միայն կնպաստես նրա նպատակի արագ իրագործմանը:

- Կարծու՞մ եք: Սաիդն ինձ հրամանատար անվանեց, ուրեմն նաև մեծ բանակ ունեմ: Նրա ռոբոտ-զինվորները ինձ կենթարկվեն:
- Գուցե Սաիդն անվանեց, սակայն եթե նա բանակը դուրս հանի քաղաք, ի՞նչ կմնա այդ քաղաքից: Ո՛չ, համբերի՛ր, կգա նաև քո գործելու ժամը:
- Ինչպե՞ս, բացատրե՛ք...
- Հասկանալի կլինի ընթացքում,- բազմանշանակ պատասխանեց գիտնականը:
- Գուցե չհասկանամ, բայց կպայքարեմ չհասկանալով, թույլ չե՛մ տա սպանել աղքատներին և խեղճերին, ինչպես որոշել է նա...
- Այն դու երբեք չես կարող:
- Ինչու՞...
- Պարզապես անհնար է իմանալ՝ երբ և որտեղ են պատվաստում հերթական սիձուկը կամ երբ և որտեղից կառևանգեն հերթական զոհին,- ափսոսանքով պատասխանեց գիտնականը:
- Միևնույն է ես կպայքարեմ,- ասաց Սաին, անհետացավ ծառերի մեջ:

Գիտնականը նրա հետևից տխուր օրորեց գլուխը:

***

Կանաչ աչքը հայտնվեց եղյամապատ հրապարակում, բարձր դամբարանին, երբ մեծ բեռնատարը շարժվեց, իսկ Աղամանդն անհետացավ բացված դռների մեջ:

Նա սլացավ մեքենայի հետևից: Շուտով հայտնվեց անտառի բացատում, ուր սաղարթախիտ ծառերի արանքից նշմարվեցին վրանների սպիտակ գագաթները... Երբ մեքենան ուղղվեց վրանների կողմը, Սաին հայտնվեց անտառի փեշին, այնուհետ սլացավ առաջ, ցանկապատից հայտնվեց սպիտակ վրանների մեջ: Հանկարծ մեկը նրա հետևից քաշեց: Նա հայտնվեց փոքր վրանից ներս, ետ նայեց:

- Սաի՛,- խուլ շշնջաց իրեն ներս քաշող պատանին՝ թևերը տարածած:
- Վերի՛, դո՞ւ, այստե՞ղ,- անակնկալի եկավ Սային...

Վերին ձեռքով փակեց նրա բերանը, ցույց տվեց անծանոթ մեքենան.

- Շշշը՛, այնտեղ տարօրինակ մարդիկ կան:
- Գիտեմ...
- Դու անճանաչելի ես դարձել, եղբա՛յր,- ասաց Վերին, գրկեց եղբորը,- Սաի՛, դու ինչո՞ւ ես փայլում, քո աչքերը,- ետ կանգնելով հարցրեց նա:

Պատանին ոչինչ չպատասխանեց, միայն ժպտաց.

- Ինչպե՞ս են հայրիկն ու մայրիկը...

Վերին լուռ գլուխը կախեց:

- Ինչո՞ւ լռեցիր:
- Չգիտեմ,- շշնջաց Վերին:
- Ոչինչ չեմ հասկանում:

- Նրանց էլ շատերի հետ ջուրը տարավ:
- Ինչպե՞ս,- Սաին թևաթափ նստեց երկար նստարանին, որից մի քանի հատ անկանոն շարված էին վրանում:
- Երբ նավ բարձրացանք, մենք շատ էինք, տեղ հասանք շատ քչերով:
- Ինչպե՞ս պատահեց:
- Համարյա տեղ էինք հասել, երբ մի հսկա ալիք կուլ տվեց շատերին, մեր նավը հրաշքով փրկվեց, բայց այնտեղից էլ շատերին ջուրը տարավ: Նրանց մեջ էր նաև մայրիկը,- Վերին գլուխը կախեց, աչքերը թրջվեցին...
- Նրանք փախչում էին սովից և միևնույն է չփրկվեցին,- ցավով նկատեց Սաին:
- Հայրիկը՝ գուցե, իսկ մայրիկը՝ ոչ: Նա չէր լքի գյուղը, եթե քեզ կորցրած չլիներ...

Երկու եղբայր լռեցին:

- Մայրիկը հույս էր փայփայում՝ այս ափերում անպայման կգտնի քեզ...,- շարունակեց Վերին:

Սային տխուր ժպտաց, շշնջաց.

- Մայրի՛կ,- ապա տեղից վեր կացավ, նայեց դուրս:
- Նրանք դեռ այնտեղ են,- ասաց Վերին: Սաին ետ եկավ, նստեց:
- Այստեղ քեզ հետ լա՞վ են վարվում:

- Չգիտեմ ինչը նկատի ունես, բայց այստեղ, ինչպես և բոլորը, ես նույնպես անուն չունեմ՝ համարակալված քանակ եմ...
- Արի՛ ինձ հետ...
- Չեմ կարող, ես արդեն փախստական եմ, կրկնակի փախստական դառնալ չեմ ուզում, այդ խարանն այնքան էլ հեշտ չէ կրելը...
- Ինչու՞ ես այդպես խոսում, չէ՞որ այն նրանց կողմից մարդասիրական քայլ է...
- Գուցե, բայց սա ավելի շատ մեծ բիզնես է, քան մարդասիրություն՝ այսպես է խոսում այնտեղ մի արաբ: Նա ճիշտ է ասում: Հիշի՛ր, թե նույն մարդասերներն ինչպես են վարվել մեր երկրի և ժողովրդի հետ:

Սաին զարմացած նայեց նրան.

- Ինչու՞ ես այդպես նայում:
- Վերի՛, դու խելոք ես, դատում ես, ինչպես Աբգարը:
- Դրանք իմ մտքերը չեն, այդպես է խոսում իմ վրանի արաբ տղամարդը, որի հայրենիքը նույնպես այրվում է կրակների մեջ...
- Հայրենիքից ի՞նչ լուր ես բերել...
- Մեր գյուղը համարյա դատարկվեց, նրանք հայրիկի գլխավորությամբ լքեցին այն, իսկ մյուս վայրերում նոր համաճարակ է...
- Մահացու՞- նկատելի անհանգստացավ Սաին:
- Այո՛, բայց այն դանդաղ է սպանում:

Սաիի աչքերը մի պահ փայլեցին, նա դուրս նայեց վրանից՝ մեքենան դեռ տեղում էր:

- Այստեղ կմնաս այնքան, մինչև այն մեքենան հեռանա,- խորհուրդ տվեց Սաին, անհետացավ վրանից:

Վերին կուչ եկավ, սկսեց դառնորեն լաց լինել: Լսվեց մեքենայի շարժիչի ձայնը, նա դուրս եկավ, նայեց հեռուն: Երևում էր միայն հեռացող բեռնատարը:

***

Գիտնականը տարված էր աշխատանքով: Սաին հայտնվեց լաբորատորիայի պատշգամբին...

- Նորի՞ց Ձեր սև գործն եք անում:

Աբգարը հանկարծակիի եկավ, տեղից կանգնեց, հենվեց պատին:

- Նորի՞ց դու, Կանա՛չ աչք:
- Այո՛, ես,- պատասխանեց նա, մոտեցավ, նայեց գիտնականի աչքերին:- Աղամանդի համա՞ր եք աշխատում:

Աբգարը չպատասխանեց:

- Ձեր լռությունն այո՞ է նշանակում:

Աբգարը դարձյալ լուռ էր:

- Ասացե՛ք, այն տղաներին որտե՞ղ եք պահում,- շարունակեց Սաին:

Գիտնականը զարմացած նայեց նրան:

- Ինչու՞ այդքան զարմացած, այն ճամբարից բերվածներին,- հասկանալով նրա զարմանքը՝ բացատրեց Սաին:
- Այնտեղ,- ձեռքով ցույց տվեց դեպի դուռը:
- Դուք նրանց չեք ներարկի, այնպես չէ՞:
- Ես գիտնական եմ և իմ բաժին աշխատանքն եմ կատարում: Ներարկում է Նաթին:
- Եթե շատ եք ցանկանում, այն չի հասնում այդ սպիտակ կնոջը,- պատասխանեց պատանին, նայեց դռանը, ապա պատշգամբին,- Դուք կգա՛ք ինձ հետ:
- Նորից ու՞ր,- գիտնականի նյարդերը տեղի տվեցին, համարյա բղավեց նա:
- Այս անգամ ոչ Մարկոսի մոտ՝ Դուք կօգնեք փրկելու այն տղաներին:

Աբգարը խեղճացած նայեց նրան:

- Այնտեղ նրանք շատ են, մենք ո՞ր մեկին փրկենք:
- Եթե հնարավոր է, բոլորին:
- Մենք չենք կարող բոլորին փրկել, նրանք շատ են, հասկացի՛ր, եթե ասում եմ շատ են, դա նշանակում է՝ իսկապես շատ են:
- Կարող ենք,- պնդեց պատանին:

Գիտնականը լուռ նայեց նրան:

- Ինչու՞ եք այդպես նայում: Դուք՝ գիտնականներդ, հիմք դրեցիք այս խաղին, որը մարդկության լեզվով պատերազմ է կոչվում:
- Ոչ այնքան, այս դեպքում դու սխալվում ես: Գուցե գիտությունը պարզապես փոխում է պատերազմի միջոցները, իսկ պատերազմը միշտ էլ հրահրվել է քաղաքական դրդապատճառներով կամ որևէ բռնահաճ թագավորի ցանկությամբ, իսկ հիմնականում այն կրում է զավթողական բնույթ, նայի՛ր շուրջդ և կհամոզվես...
- Ես այնքան էլ լավ չեմ հասկանում Ձեր ասածները, բայց այն ինձ չի խանգարի մասնակցել այս վերջ չունեցող պատերազմին,- Սաhին ցատկեց պատշգամբի զոգին:

Աբգարը տխուր նայեց նրան, ժպտաց:

- Գնացի՛նք,- գոչեց պատանին, անհետացավ գիտնականի հետ...

Արևն, իր պտույտը կատարած, կարծես, հոգնած իջնում էր՝ հորիզոնին ննջելու: Սային գիտնականի հետ հայտնվեց հրապարակում: Պատանին ուզեց բացել քարե դուռը:

- Մենք չենք կարող այս դռնով աննկատ անցնել, առավել ևս նրանց դուրս բերել աննկատ,- ասաց Աբգարը:
- Իսկ ինչպե՞ս անել,- պատանին ետ եկավ:

- Պետք է ներս մտնել գաղտնի դռնից,- շշուկով պատասխանեց գիտնականը:

Նրանք հայտնվեցին հրապարակի ետնամասում, որտեղ ընդամենը պատ էր՝ պատված հաստ եղյամյա շերտով: Աբգարն ուշադիր նայեց շուրջը՝ ոչ ոք չերևաց: Սաիին թվաց՝ նա ընդամենը ձեռքով հպվեց պատին, երբ գիտնականը սեղմեց գաղտնի կոճակը: Այն դանդաղ բացվեց: Նրանք անհետացան խավարում: Կանաչ լույսի տակ առաջ շարժվեցին: Երևաց երկաթյա դուռը:

- Այն կողպված է,- շշնջաց Աբգարը հիասթափված:
- Հեռու՛ գնացեք,- դիմեց Սաին գիտնականին՝ ինքը ևս, հեռու կանգնելով դռնից, հայացքը ուղղեց կողպեքին, շանթն անցավ կողպեքի միջով՝ դուռը բացվեց:

Նրանք ներս մտան: Մեծ սրահում երևացին շարված մահճակալները, որոնք թվում էր վերջ չունեն, բայց ոչ ոք չէր երևում:

- Այստեղ ոչ ոք չկա,- տխրեց պատանին:
- Նրանք այստեղ են: Երբ այս դուռը բացվում է, բոլորն էլ ուզում են գոնե վերջինը դուրս գալ:
- Դու՛րս եկեք բոլորդ, ուշանալը մահ է,- գոչեց Սաին:

Հանկարծ բոլորը մեկ մարդու պես շարվեցին կենտրոնում: Զարմացած նայեցին փայլող աչքերով անծանոթին:

- Մեր հետևից համրաքայլ դու՛րս եկեք,- հրահանգեց գիտնականը՝ առաջինը լքելով խոնավ ու մութ սրահը:

Հետզհետե սպիտակող մեգապոլիսը մնաց փախստականների հետևում: Լուսաբացին մենավոր տունն իր դռները բացեց նրանց առջև:

***

Երեկոն, պաղ վրձինն առած, շարունակում էր տարածել իր եղյամյա հետքը: Աղամանդի տիրությունում, կարծես, մշտապես թագավորում էր ձմեռը: Նրա սահմաններում նշմարվում էր մի գիծ, որը եղյամյա աշխարհը բաժանում էր հին աշխարհից: Ամենազնացը հայտնվեց հրապարակում, իջավ Աղամանդը, նայեց բարձր դամբարանին, երկու մատով համբույր դրոշմեց ճակատին շողացող ադամանդին: Դուռը ծանր ճռռոցով ետ գնաց, նա կանգնեց դռների միջև, ձայն տվեց.

- Աբու-Սաի՛դ...

Հայտնվեց Աբու-Սաիդը, եթերային քայլերով կանգնեց նրա դիմաց:

- Հրամայե՛ք, տե՛ր:
- Գտե՛ք, ինձ մոտ բերե՛ք Կանաչ աչքին,- ցասումով հոխորտաց Աղամանդը:

- Այո՛, տե՛ր,- պատասխանեց Աբու-Սաիդը, դեմքով շրջվեց դեպի դամբարանի ներսը, բարձրացրեց աջը:

Երևաց շարքի սկիզբը: Ադամանդը հասցրեց մի կողմ քաշվել, որպեսզի չհայտնվեր նրանց դոփյունների տակ: Մի քանի շարք դուրս գալուց հետո, Ադամանդը բարձրացրեց ձեռքը:

- Բավակա՛ն է, կարծում եմ՝ այսքան զինվորին տեսնելով՝ նա ակամա կգա ինձ մոտ,- ինքնավստահ ասաց նա:
- Այո՛, տե՛ր,- կրկնեց Աբու-Սաիդը:

Ծանր ճռռոցով փակվեց դուռը:

- Գտնե՛լ Կանաչ աչքին և ինձ մո՛տ բերել,- Ադամանդը կրկնեց հրամանը:

Յուրաքանչյուր զինվոր, եթերային քայլով, հայտնվեց հատող գծից այն կողմ: Վայրկյաններ անց ռոբոտ-զինվորներն անհետացան Ադամանդի տեսադաշտից: Լսվեց առաջին պայթյունը: Ադամանդը, հանկարծակիի եկած, նայեց հեռուն, որտեղից երևաց բարձրացող սև ծուխը:

- Նրանք տակն ու վրա կանեն քաղաքը, կգտնեն նրան, պարո՛ն Մարկոս,- մրմնջաց նա, քայլեց դեպի մեքենան, որի՝ չորս բացված դռների մոտ կանգնած էին չորս սնազգեստներ:

Մինչ նա կնստեր մեքենան, հայտնվեց Աբու-Սաիդը, կանգնեց նրա դիմաց:

- Ի՛մ տեր, ռոբոտ-զինվորները կատարում են Ձեր հրամանը, փնտրում են Կանաչ աչքին, ավիրում են քաղաքը, գլխատում դիմադրողներին, ահա՛ հավաստիացումն իրադարձությունների,- զեկույցից հետո ռոբոտ-զինվորը նրան մեկնեց տղամարդու մի գլուխ, որից դեռ կաթում էր արյունը:

Աղամանդը դեմքը խոժոռեց:

- Մի կողմ շպրտի՛ր,- հրամայեց նա:

Բարձրացավ ուժեղ քամի, սկսեցին վեր բարձրանալ ավազախառը դեղին տերևները: Քամու ձայնը վերածվեց սուլոցի: Պատվանդանին հայտնվեց Սաին: Նրա աչքերից արձակված շանթը մոխրի վերածեց արնաշաղ գլուխը: Սաիդը ոռնալով ձեռքը ետ քաշեց:

- Նա ամենուր է և իմ քթի տակ է, իսկ ես ողջ քաղաքը խառնել եմ իրար,- մլռտաց Աղամանդը:
- Աղամա՛նդ, ե՛տ կանչեք նրանց,- գոչեց Սաին:
- Ե՛տ վերադարձրու իմ զինվորներին, ծառայի՛ր իմ գաղափարին և կկատարեմ քո պահանջը:
- Ես անկախ եմ: Ոչ ոքի չեմ ծառայում:
- Դու ծառայում ես Մարկոսին:
- Նա ինձ հրամաններ չի տալիս: Ես ազատ եմ:

Աղամանդը խոժոռեց դեմքը:

- Ծառայի՛ր իմ գաղափարին և դու կդառնաս աշխարհի հարուստներից մեկը:
- Ո՛չ, հարուստը չի կարող ազատ լինել,- պատասխանեց Սաին:
- Իսկ գուցե կարծում ես՝ ես ազատ չեմ,- զարմացավ Աղամանդը:
- Չեմ կարծում, դա այդպես է: Ձեզ իշխում են Ձեր զանձերը: Դուք կախում ունեք Ձեր հարստությունից:

Աղամանդի հոնքերը զարմանքից վեր բարձրացան:

- Ես կստանամ քեզ, եթե նույնիսկ այն արժենա իմ ողջ կարողությունը,- ատամների արանքից փշշացրեց Աղամանդը, նստեց մեքենան:

Այն սլանում էր սպիտակ փողոցներով, իսկ Սաին հետևում էր նրան վերևից...

***

Լավող աղմուկից Աբգարն անհանգստացած մոտեցավ, լուսամուտից նայեց դուրս:

- Ամեն ինչ իրար խառնվեց,- խոսեց ինքն իրեն՝ տեսնելով բարձրացող սև ծուխը:

Շտապեց դուրս: Հրապարակը դատարկ էր: Տարակուսած նայեց քարե փակ դռանը, այնտեղ երևաց նաև Մարկոսը, նա ընդառաջ գնաց նրան:

- Այստեղ Ձեզ համար այնքան էլ անվտանգ չէ,- փորձեց նրբանկատ լինել գիտնականը:
- Դա կարևոր չէ: Ինչու՞ այսքան անսպասելի,- տարակուսած հարցրեց մարդասերը:
- Անսպասելի չէր, նա ուզում է այս կերպ ետ բերել այն տղաներին:
- Որտե՞ղ է Մաին:
- Չգիտեմ:

Երևաց ամենազնացը, այն կանգ առավ, իջավ Աղամանդը:

- Ահա՛, բարեհաճեց մեծ մեղավորը,- վրդովված արտաբերեց Մարկուսը՝ զսպելով ցասումը:

Աղամանդն ինքնագոհ մոտեցավ նրանց:

- Դե ինչ, սարսափելի՞ է:
- Սարսափելի է, քանի որ Դուք նրանց ուղղորդել եք դեպի անմեղ ժողովուրդը,- պատասխանեց Մարկոսը,- Ինչու՞, կասե՞ք:

Լսվեց հերթական պայթյունը:

- Դուք չկատարեցիք իմ պահանջը: Ստիպված էի դիմել նման միջոցի: Նրանց միջոցով շուտով նա իմ ձեռքում կլինի, իսկ այն անհետացած պահեստայիններն իրենց տեղերում,- ինքնավստահ պատասխանեց Աղամանդը, նայեց պայթյունի կողմը:

- Տեսնելով Ձեր երկյուղած դեմքը՝ խիստ կասկածում եմ,- ասաց Մարկոսը՝ ուշադիր նայելով նրան:
- Ինչու՞մ եք կասկածում,- այլայլված հարցրեց Ադամանդը:
- Որ կկարողանաք կառավարել այս քաոսը: Պարզապես մարդ որքան դաժան է, նույնքան վախկոտ: Այդպես չե՞ք կարծում:
- Ո՛չ: Դուք վիրավորում եք ինձ:
- Դա կարևոր չէ այս պահին: Կանգնեցրե՛ք այս խառնաշփոթը: Ժողովուրդը մեղավոր չէ Ձեր ցոփ ցանկության մեջ,- վրդովված արտաբերեց Մարկոսը, քայլեց դեպի հին աշխարհի կողմը...

Աբգարը մնաց շվարած: Նա հայացքով երկար ուղեկցեց Մարկոսին, բայց սիրտ չարեց լքել Ադամանդին:

- Այդ փսլնքոտը մի՞թե ինձանից հզոր է,- վրդովված շարունակեց Ադամանդը: Միևնույն է կամ նա ինձ կծառայի կամ կվերացնեմ նրան: Թեկուզ այն արժենա իմ ողջ կարողությունը և այս քաղաքի անվտանգությունը,- բղավեց նա, ոտքը ուժգին խփեց գետին,- Սատանան տանի նրան:

Հայտնվեց սատանան:

- Ի՞նչ է կամենում իմ տերը,- շողոքորթ գլուխ տվեց նա:
- Պատժի՛ր կամ վերացրու՛ այդ Կանաչ աչքին:

- Օ՛, ո՛չ իմ տիրակալ, դա քո խնդիրն է, դու պետք է նրան հաղթես պայքարի միջոցով, թեկուզ նա քեզանից ուժեղ է: Նրա պայքարն ավելի հետաքրքիր է, քան դու քո սառած նենգությամբ:
- Ինչպե՞ս, ո՞վ է նա, գուցե քեզանի՞ց էլ ուժեղ է,- իրեն կորցրած՝ բղավեց Աղամանդը:
- Ո՛չ, ինձանից՝ ո՛չ, բայց հզոր է՝ որպես մարդ,- պատասխանեց սատանան, անհետացավ:

Աղամանդն՝ արնակալած աչքերը սևեռեց ծխացող քաղաքի կողմը, շոյեց երկար միրուքը: Երկու մատով համբույր դրոշմեց ադամանդին, քայլեց դեպի մեքենան: Արքարը, որ ամբողջ այդ ընթացքում կուչ էր եկել, խորը շունչ քաշեց, շշնջաց. «Իմ աղջիկը՝ Վիվին, ես պետք է նրա կողքին լինեմ», շտապեց դեպի երկնաքերը:

***

Կանաչ աչքը հայտնվում էր քաղաքի այն մասերում, որտեղ, յուրաքանչյուր քայլին, իր հետքն էր թողնում Աղամանդի ռոբոտ-զինվորը: Ընթացքից տեսնելով Աբու-Սաիդին՝ իր հերթական զոհի հետ՝ սլացավ դեպի նրա կողմը, նրանից խլեց փոքրիկ երեխային: Թվում էր՝ աղմուկը, պայթյունը, մարդկային ճիչերը լսվում են միաժամանակ:

- Օգնեցե՛ք,- լսվեց երկնաքերի պատշգամբից:

Սաին սլացավ այն կողմ: Վիվին կախված էր պատշգամբից, նրան ներսից քաշում էր ռոբոտ-զինվորը, Սաին աղջկան խլեց նրա ճանկերից, ներս տարավ: Նրա աչքերը վառվեցին, շանթը անցավ ռոբոտ-զինվորի միջով: Նրանից սկսեց ծուխ բարձրանալ, տապալվեց հատակին:

- Ո՞վ ես դու,- հարցրեց Վիվին և, վախվորոծ ու զարմացած՝ մե՛կ նայելով ծխացող զինվորին, մե՛կ նրան:
- Սաին եմ, մոռացե՞լ ես ինձ,- չհասկանալով աղջկա հարցը՝ պատասխանեց նա, մոտեցավ համբուրելու:
- Վիվի՛, աղջի՛կս, ու՞ր ես,- հևասպառ ներս ընկավ գիտնականը:

Սաին նայեց նրան, զարմացած ետ քաշվեց, նորից մե՛կ նայեց գիտնականին, մե՛կ՝ վախեցած աղջկան:

- Աղջի՛կս, քեզ հետ ամեն ինչ կարգի՞ն է,- հարցնելով գիտնականը մոտեցավ գրկեց նրան, թեք նայեց պատանուն:
- Վիվին Ձեր աղջի՞կն է,- զարմանքից աչքերը կլորացած՝ հարցրեց նա:
- Այո՛,- գլխով արեց Աբգարը՝ ավելի գրկելով աղջկան:
- Ահա՛ թե ինչ, ահա թե ու՞մ եմ փրկում,- ծոր տվեց պատանին՝ ձեռքերը տարածելով:

- Զարմանալու ի՞նչ կա,- սովորության համաձայն ուսերը թոթովեց գիտնականը,- Կանա՛չ աչք, պետք է կանխել այս անմիտ արյունահեղությունը, պետք է նկատել՝ մենք դրդեցինք Աղամանդին այս անմիտ քայլին,- շարունակեց Աբգարը:
- Ի՞նչ եք ուզում ասել՝ ափսոսու՞մ եք Ձեր արած միակ բարի գործի համար, միաժամանակ Դուք ուզում եք ինձ հանձնել Աղամանդի՞ն,- պատանին մոտեցավ գիտնականին:
- Ո՛չ, քավ լիցի: Ուզում եմ ասել՝ նրանք չունեն յուրայիններ, նրանց համար բոլորն էլ օտար են...
- Մարդը նրանց համար զոհ է, ահա Ձեր ստեղծածը, իսկ հիմա և այսուհետ վայելե՛ք, գիտնակա՛ն,- պատասխանեց Սային, կանգնեց պատշգամբի զոգին...
- Շուտով նրանց համար փակ դուռ, լուսամուտ գոյություն չի ունենա,- նորից հորդորեց Աբգարը:
- Դուք պետք է այն գիտակցեիք Աղամանդի հետ համագործակցելուց առաջ,- պատանին նայեց աղջկա վախեցած տեսքին, նորից վայր իջավ պատշգամբից:
- Ով էլ սկսեր, այն Ձեր քրտնաջան աշխատանքի հետևանքն է, և փորձում եք պատճառը փաթաթել իմ վզին՝ ընդամենը Աղամանդին չենթարկվելու համար...
- Ո՛չ, ես դա նկատի չունեի,- փորձեց արդարանալ գիտնականը:

- Այո՛, հիմա նորից կսկսեք արդարանալ, թե Ձեր պարտքն է ծառայել գիտությանը: Այն շատ արյունոտ չէ՞,- պատասխանեց պատանին, դիմեց աղջկան,- Վիվի՛, գալի՞ս ես ինձ հետ...
- Ո՛չ, նա կմնա ինձ հետ,- առարկեց հայրը՝ ավելի ամուր գրկելով աղջկան:

Սաին անհետացավ պատշգամբով:

***

Կանաչ աչքը հայտնվեց հերթական երկնաքերի տանիքին, նայեց հեռուն, տեղ-տեղ երևում էր վեր բարձրացող սև ծուխը: Նա սլացավ ցած, աչքերը վառվեցին, բարձրացավ ուժգին քամի, քամու հետ օդ բարձրացան ավազախառը դեղնած տերևները: Օդը պղտորվեց, լսվեց քամու սուլոցը: Սաին սլացավ ծխացող քաղաքի կողմը: Երևաց Աբու-Սաիդը, նրա գլխավորությամբ՝ ռոբոտ-զինվորները գերեվարած տանում էին մարդկանց:

- Աբու-Սաի՛դ,- ձայն տվեց պատանին:
- Այո՛, հրամանատար,- մոտենալով պատասխանեց ռոբոտ-զինվորը:
- Բա՛ց թող մարդկանց:
- Ես դեռ չեմ կատարել առաջին հրամանը,- ասաց նա, երևաց նրա սղոցանման ձեռքը,- ես կգլխատեմ նրանց, իսկ քեզ կհանձնեմ Ադամանդին:

- Դու դառնում ես անկառավարելի,- շշնջաց նա՝ տեսնելով՝ ինչպես է Աբու-Սաիդը մոտենում առաջին ծնկաչոք տղամարդուն:
- Ո՜չ, դու կկատարե՛ս նաև իմ հրամանը,- գոչեց Սաին:

Նրա աչքերի արձակած շանթից Սաիդը տապալվեց գետնին, շանթը կրկնվեց, մյուս ռոբոտ-զինվորները փռվեցին նրա կողքին: Գերիները խուճապահար սկսեցին փախչել: Զինվորները փորձեցին հետևել նրանց, բայց շանթը կրկնվեց, ռոբոտներից սկսեց ծուխ բարձրանալ: Կանաչ աչքը մոտեցավ Աբու-Սաիդին:

- Դու մի անգամ փրկել ես ինձ Աղամանդից, չնայած դրա կարիքն այնքան էլ չունեի, քեզ չմոխրացնելով՝ իմ պարտքն եմ վերադարձնում: Վերադարձի՛ր քո աշխարհ,- ասաց նա, վեր սլացավ:

Աբու-Սաիդը ոտքի կանգնեց, նայեց մոխրացած զինվորներին, մրմնջաց.

- Ես կատարում եմ առաջին հրամանը, ես քեզ կհանձնեմ Աղամանդին,- վանկարկեց նա՝ հետևելով սլացող պատանուն:

Սաին հայտնվեց հաջորդ երկնաքերի գագաթին, նայեց քաղաքին: Նույն երկնաքերի դիմաց որոտաց պայթյունը, նա սլացավ դեպի այն կողմ: Ռոբոտ-զինվորները շարված, անտարբեր հետևում էին նոր պայթեցրած ավտոբուսին, որի ուղևորներից ընդամենը մասնիկներ էին՝ ցրիվ եկած, մի քանի հոգի, կիսակենդան հոգեվարքի մեջ, անհասկանալի ձայներ էին արձակում: Երբ Սաին հայտնվեց փոքրիկ կրպակի տանիքին, շանթը մոխրացրեց ռոբոտ-զինվորներին: Նորից վեր սլացավ, երկնաքերի տանիքից նայեց քաղաքին. հին աշխարհին աննկատ փոքրանում էր, եղյամն իր թևերն էր փռում՝ ընդլայնելով սպիտակ աշխարհի սահմանները: Քաղաքում մարդիկ փակվել էին տներում, իսկ մի մասը շտապում էր հեռանալ: Ամենուր լսելի էր մեքենաների անկանոն հոնդյունը: Աիաբեկված մարդիկ տների լուսամուտներից զարմացած դիտում էին փողոցով քայլող, երկարափեշ զգեստով, վեղարն աչքերին իջեցրած, բարձրահասակ տղամարդուն: Մարդկանց հայացքներից սարսափ կաթաց, երբ նրան ընդառաջ դուրս եկան ռոբոտ-զինվորները: Նա շվարած նայեց շուրջը: Առջևից քայլողը դուրս հանեց սղոցանման ձեռքը: Նա ետ նահանջեց, հենվեց, մնաց պատին: Սղոցը մոտեցավ նրան:

- Ո՛չ,- լսվեց Սաիի ձայնը:

Մարկոսը նայեց վեր՝ պատանին հայտնվեց անտեր մնացած մեքենայի տանիքին, նրա աչքերի շանթից ռոբոտ-զինվորներից ծուխ բարձրացավ

- Մարկո՛ս, դու՛րս եկեք նրանց միջից,- ասաց Սաին, քիչ հետո շանթը կրկնվեց, ռոբոտ-զինվորները վերածվեցին մոխրակույտի:

- Ահա՛ ևս մեկ պատճառ, որպեսզի Ադամանդն ավելի կատաղի,- ժպտալով առաջ եկավ Մարկոսը՝ գլխի շարժումով ցույց տալով մոխրակույտը:- Շնորհակալ եմ,- ասաց նա, ձեռքը մեկնեց պատանուն:
- Այո՛, այս անգամ նա կպահանջի այս մոխրացած զինվորներին, և դա պատճառ կլինի նրա արյունոտ խաղի շարունակությանը,- բարևելով պատասխանեց Սաին:
- Եվ վա՜յ մարդկությանը, քանի կան նման քմահաճներ,- ծոր տվեց Վեղարը:

Սային անսպասելի գրկեց նրան, վեր սլացավ, միայնակ հայտնվեց տան բակում:

- Ես իմ տանն եմ: Այն հեքիաթի է նման,- կարոտած նայելով համեստ տանը, երանությամբ ասաց նա...

***

Ամենազնացը սլանում էր փողոցներով: Ամենուր ակնհայտ էր նրա բանակի թողած հետքը: Այրված՝ դեռ ծխացող տներ, մոխրացած մեքենաների կմախքներ, դեսուդեն ցրիվ եկած մարդկային մարմինների մասնիկներ: Տիրող անդորրն Ադամանդին տարօրինակ թվաց: Նա արգելակեց մեքենան: «Որտե՞ղ են նրանք, կարծես անհետացած լինեն»,-

ինքն իր հետ խոսելով՝ իջավ մեքենայից, նայեց շուրջը, դարձյալ ոչ ոք չերևաց, մոտեցավ ծխացող մոխրակույտին: «Նրանք են»,- տեսնելով մի քանի ածխացած, կիսախանձված գլուխներ՝ մրմնջաց նա: Շանթվածի պես ետ եկավ, նստեց մեքենան. «Ես կոչնչացնեմ այդ Կանաչ աչքին»,- ֆշշացրեց Ադամանդը: Քիչ հետո նրա մեքենան կանգ առավ վեցանկյուն, վեցհարկանի շենքի դիմաց: Առանց սպասելու թիկնապահների ծառայությանը՝ արագ բացեց դուռը, մտավ շենք: Ադամանդը վեցերորդ սենյակում պրոֆեսորին գտավ անտրամադիր՝ խմիչքով բաժակը ձեռքին: Տեսնելով նրան՝ պրոֆեսորը մի կերպ զսպեց զայրույթը:

- Ինչու՞ եք եկել...
- Նրանց գլուխները գտա ծխացող մոխրակույտում: Ինչու՞...- վրդովված սկսեց Ադամանդը:
- Մի՞թե... Դուք մեր միասնական աշխատանքը փորձեցիք տնօրինել ինքնագլուխ և դեռ հաղթանա՞կ էիք ակնկալում,- զայրույթից այս անգամ պոռթկաց պրոֆեսորը:
- Իսկ ի՞նչ եք կարծում, եթե Ձեզ տեղյակ պահեի, նրանք դրանից կդառնային անխոցելի՞...
- Գուցե,- բազմանշանակ պատասխանեց Բենը:
- Նման կերպ ուզում էի ստանալ Կանաչ աչքին, որը չգիտես ինչպես, իմ զաղտնարանից տարել է պահեստային զինվորներին,- տոնը փոխելով՝ ավելի մեղմ բացատրեց Ադամանդը,- պետք է

անպայմանետ բերել նրանց, եթե առայժմ ոչ Կանաչ աչքին:

- Ինչպե՞ս, Դուք լավ գիտեք՝ նրան բռնելն անհնար է,- Բենը մի պահ մտահոգ դեմք ընդունեց, ապա ավելացրեց,- գուցե՝ առայժմ:
- Եթե այդպես է, եթե իմ կրած կորուստը միայն ժամանակի հարց է, հարկ եմ համարում այդ կորուստը լրացնել նոր երիտասարդներով:
- Ինչպե՞ս...
- Առևանգելով, ինչպես միշտ:
- Վատ միտք չէ, չնայած նման ձևն ակնհայտ է դարձնում Ձեր բռնի վարքագիծը:
- Այսուհետ նրանց կամքին չեմ բռնանա, ինչպես դա արել եմ մինչ հիմա...
- Հետաքրքիր է,- կում անելով գինուց՝ Բենը հետաքրքրված նայեց նրան:
- Կփոխեմ իմ գործելաոճը:
- Եվ ինչպե՞ս եք պատրաստվում փոխել այն: Ունե՞ք տարբերակ,- հարցրեց պրոֆեսորը, լցնելով երկրորդ բաժակը՝ մեկնեց Աղամանդին:
- Շնորհակալ եմ,- վերցնելով ոսկեզօծ բաժակը՝ ժպտաց նա,- շատ փող կվճարեմ, որն իհարկե, երբեք պետք չի գա նրանց, և այդ միշտ ներկա փողը կիշխի այդ թշվառներին: Այսպիսով, եթե չցանկանան ծառայել ինձ, կծառայեն փողին: Փողը գերիշխան է,- ինքնագոհ շեշտեց Աղամանդը՝ առաջին կումն անելով...

- Իսկ այն հազարավոր ռոբոտ-զինվորների դեպքում Դուք իրավասու չեք ինքնուրույն որոշումներ կայացնելու:
- Ինչպե՞ս հասկանալ,- լածից Ադամանդը շանթահար եղավ:
- Նրանք նաև իմն են, նրանք նաև Նաթիինն են,- հանգիստ շարունակեց նա,- և վերջապես նրանք նաև Աբզարինն են, որքան էլ չվստահեք նրան...

Ադամանդը դեմքը խոժոռեց:

- Դժգո՞հ եք,- նկատեց պրոֆեսորը:
- Այո՛,- վրդոհմունքը չթաքցրեց նա:
- Նկատելի է: Դուք գերադասում եք միանձնյա լինել բոլոր ասպարեզներում, բայց այս դեպքում, որքան էլ դժգոհ եք՝ ինքս պետք է կառավարեմ նրանց, որպեսզի այսուհետ նրանց գլուխները չգտնեք ծխացող մոխրակույտերում:

Միջանցքից աղմուկ լսվեց: Ադամանդն ակամա ոտքի կանգնեց: Պրոֆեսորն անհանգիստ նայեց դռան կողմը:

- Ո՞վ է այսպես աղմկելով՝ իմ տուն ներխուժում:

Դուռը պոկվեց, ընկավ հատակին: Երևաց Աբու-Սահիդը՝ ներս քաշելով սղոցանման ձեռքը: Պրոֆեսոր Բենը, առանց շտապելու, մոտեցավ նրան, սեղմեց թևին կապված ժամացույցի կոճակը: Աբու-Սահիդը մնաց կանգնած՝ հայացքն անորոշության հառած...

- Ի՞նչ արեցիք նրա հետ,- զարմացած հետաքրքրվեց Աղամանդը:
- Ստիպված էի վնասազերծել,- պատասխանեց Բենը՝ կիսաճերմակած մազերը մատներով ետ տանելով,- հրամայե՛ք նրան վերադարձնել իր տեղը :
- Այո՛, իհարկե,- շփոթված պատասխանեց Աղամանդը, բաժակը վայր դնելով՝ հարցական նայեց Բենին,- նրանք այդքան խոցելի՞ են...
- Ոչ այնքան, որքան թվում է առաջին հայացքից՝ մի՛ մոռացեք՝ ես եմ նրանց ստեղծել:

Աղամանդը երկար նայեց պրոֆեսորին, դուրս եկավ՝ հայացքը չկտրելով ընկած դռնից և Աբու-Սաիդից:

***

Վաղ լուսաբացին Աղամանդը մտավ լաբորատորիա, գիտնականին գտավ այնտեղ աշխատելիս:

- Ողջ գիշեր աշխատե՞լ եք:
- Այո՛, ահա՛ նրանք,- պատասխանեց Աբգարը՝ ցույց տալով սեղանին շարված լիքը սրվակները:
- Պրոֆեսորը դեռ չի՞ եկել:
- Ո՛չ:
- Գուցե դա է բարին, չեմ կարծում նրա ներկայությունը պարտադիր է այս գործում,- ասաց Աղամանդը, մի հայացք զցեց դռանը,- գնացի՛նք:

Աբգարն արագ ոտքի կանգնեց, սրվակները ներարկիչների հետ տեղավորեց պայուսակի մեջ, նայեց Ադամանդին:

- Պատրաստ է:

Ադամանդն առաջինը լքեց լաբորատորիան, նրան հետևեց Աբգարը՝ ծանր պայուսակով:
Քաղաքից դուրս, անտառի բացատում երիտասարդները և պատանիները շրջան կազմած նստած էին: Նրանցից մեկը խոսում էր, մյուսները լուռ լսում էին: Ամենազնացի հայտնվելուն պես բոլորը ոտքի կանգնեցին:

- Նրա՞նք են,- մեքենայից դուրս գալով՝ հարցրեց Ալյամանլը սնազգեստներից մեկին:

Նա գլխով արեց:

- Աբգա՛ր, սկսե՛ք,- հրահանգեց նա, մի կողմ քաշվեց:

Գիտնականը բացեց ճամպրուկը: Առաջինը ներարկեց նիհար մի պատանու, որը ցավից ծամածռեց դեմքը, այնուհետև լուռ քայլեց, բարձրացավ մեքենայի բացված թափքը...

- Վե՛րջ,- վերջին կամավորին ներարկելուց հետո ասաց Աբգարը:
- Եթե շատ եք ուզում, Ձեր գործն այնքան էլ վատ չեք կատարում,- խորամանկ ժպտալով՝ Ադամանդը դիմեց գիտնականին:

- Ինչ արած, ոչ միշտ է ստացվում գոհացնել բոլորին- սովորության համաձայն՝ ուսերը վեր քաշեց Աբգարը:
- Շարժվեցի՛նք,- հրամայեց Աղամանդը, երբ բոլորը տեղավորվեցին մեքենայի մեջ:

***

Սաին հայտնվեց երկնաքերի պատշգամբին: Վիվին ուրախացած այն բացեց, պատանին ներս մտավ: Աղջիկը ոգևորված գրկեց նրան:

- Նորից ու՞ր էիր անհետացել:
- Այնտեղ,- գլխով դեպի դուրը ցույց տվեց պատանին:

Վիվին նայեց դռան կողմը, ժպտաց:

- Ինչպե՞ս ես կարողանում հայտնվել նման բարձր տեղերում և չվախենալ:
- Արի՛ ճախրենք, և դու կտեսնես,- առաջարկեց Սաին, գրկեց աղջկան, պատշգամբից դուրս թռավ...

Աղջիկը սկսեց ճչալ:

- Լռի՛ր, անգղերը մեզ կհոշոտեն,- շշնջաց Սաին նրա ականջին:

Վիվին սկսեց ծիծաղել: Նրանք հայտնվեցին երկնաքերի տանիքին:

- Անսահմա՜ն է այս քաղաքը,- հիացած բացականչեց աղջիկը, հարցրեց,- իսկ ինչու՞ է այդպես:
- Ինչպե՞ս:
- Ե՛վ ամառ է, և՛ ձմեռ է...
- Սպիտակն Աղամանդինն է, իսկ մնացածը՝ դեռ ոչ: Նա ուզում է ողջ քաղաքը դարձնել սպիտակ:
- Իմ հայրիկը, դու նրան դրա՞ համար էիր կշտամբում,- հարցրեց աղջիկը տխրելով:
- Այո՛, բայց նա նաև օգնում է ինձ:
- Գիտեմ այդ մասին, բայց երբեք նրան չեմ հիշեցնում, ես նրան սիրում եմ և չեմ ուզում ցավ պատճառել: Նա ինձանից բացի ոչ ոք չունի:

Սային երկար նայեց նրա կապույտ աչքերին:

- Արի՛ դիտենք քաղաքը միասին,- գրկեց նրան, սլացավ:
- Թվում է՝ շատանում է սպիտակը,- ձեռքերը տարածելով՝ բացականչեց Վիվին:
- Հրապարակն է: Այն Աղամանդին է պատկանում, բնական է սպիտակի առավելությունը,- պատասխանեց պատանին:- Ուզու՞մ ես ավելի մոտիկից դիտել...
- Այո՛, ուզում եմ,- ուրախացավ աղջիկը:

Բացված պատշգամբի փեղկից լսվեց կանացի բարձր ծիծաղը: Սաին՝ աղջկան գրկած՝ միասին նայեցին ներս:

- Նաթի՛, դու կդառնաս այս քաղաքի թագուհին, համաձայնվի՛ր իմը լինել, նայի՛ր այս հսկա մեգապոլիսին,- ասաց Աղամանդը, ձեռքով ցույց տվեց պատշգամբից դուրս:

Սաին և Վիվին կանգնած էին նրանց դիմաց: Աղամանդը մնաց քարացած, ակամա բաց թողեց կնոջ ձեռքը:

- Դարձյալ նա իմ քթի տակ է, զրո՛ղը տանի, իսկ ես...,- կատաղությունից ոտքերը հատակին խփեց Աղամանդը:

Հայտնվեց Սատանան:

- Հրամայի՛ր, ի՛մ տեր:

Նաթին սեղմվեց, մնաց պատին: Սաին՝ Վիվիի հետ անհետացավ Աղամանդի տեսադաշտից:

- Ահա՛, հայրդ այստեղ է,- ցույց տվեց Սաին երևացող բաց պատշգամբը,- ուզու՞մ ես ավելի մոտիկից տեսնել:
- Այո՛,- թևերը տարածած՝ բացականչեց աղջիկը:

Նրանք հայտնվեցին պատշգամբին: Ներսում մարդաշատ էր:

- Որքա՜ն շատ են այնտեղ մարդիկ,- ասաց Վիվին՝ ծիծաղելով:
- Այո,- ծոր տվեց պատանին՝ նայելով ներս:- Վերի՞,- ավելի ուշադիր նայելուց հետո հարց տվեց նա՝

զարմացած, ապա լրջանալով արտաբերեց:- Ես պետք եմ նրան:

- Իսկ ե՞ս,- վախեցած հարցրեց աղջիկը՝ պատշգամբից ցած նայելով, երբ պատանին ներս մտավ՝ նրան թողնելով այնտեղ:
- Վիվի՞,- տեղից վեր թռավ Աբգարը, նայեց պատանուն,- դու՞...,- շփոթվեց, չիմանալով ինչ ասել՝ լռեց մնաց կանգնած:
- Հայրի՛կ,- աղջիկը սկսեց լաց լինել:

Սաին նրան ներս քաշեց թևից, ապա մոտեցավ գիտնականին:

- Նորից Դուք և նորից նույնը,- ցասումով արտաբերեց պատանին, մոտեցավ եղբորը,- Վերի՛,- պատանին մնաց անտարբեր,- ի՞նչ եք արել նրա հետ:

Սաին հարձակվեց գիտնականի վրա: Հայտնվեցին երկու սնազգեստները: Նա վառվող աչքերով նայեց նրանց, նրանք ետ կանգնեցին...

- Գիտնակա՛ն, Դուք կափսոսաք Ձեր աշխարհ գալու համար,- հոխորտաց պատանին, անհետացավ եկած տեղով:

Վիվին մեկ նայեց հորը, մեկ՝ բաց պատշգամբին:

***

Լաբորատորիայում Վերիին հանդիպելուց հետո Սային տեղը չէր գտնում: Նա, կատարվածից հուսահատ ու աննպատակ, երկար սլանում էր անորոշ ուղությամբ: Մե՛կ հայտնվեց ճամբարում, մ՛եկ նորից ուղություն վերցրեց դեպի երկնաքերը, որտեղ թողել էր եղբորը, բայց նորից մտքափոխվեց, քաղաքից դուրս եկավ, այս անգամ հայտնվեց միայնակ տան բակում: Մարկոսն այզուց գլխաբաց դուրս եկավ, Սաին ընդառաջ գնաց նրան:

- Ի՞նչ է պատահել, Կանա՛չ աչք,- նկատելով նրա այլայլված տեսքը՝ հարցրեց նա,- դու քեզ նման չես:
- Ես այնտեղ էի:
- Որտե՞ղ, կարո՞ղ ես ավելի պարզ խոսել:
- Այնտեղ, որտեղ Աբզարն է, և որտեղ ես էի և բոլորը...
- Լաբորատորիայու՞մ...
- Այո՛...
- Եվ ի՞նչ...
- Իմ եղբայրը՝ Վերին, այնտեղ էր, և էլի շատերը...
- Ադամանդը կարողանում է աշխատել, իսկ ինչու՞ նրան քեզ հետ չբերեցիր այստեղ, մյուսների մասին հետո կմտածեինք:
- Նա չճանաչեց ինձ,- տխուր պատասխանեց Սաին
- Դու սխալվել ես, որոշ ժամանակ անց քո եղբայրը նորից կճանաչեր քեզ:
- Կարո՞ղ եմ հիմա նրա հետնից գնալ,- ուրախացած հարցրեց նա:

- Ո՛չ:
- Ինչու՞,- զարմացավ Սաին:
- Ուշ է, նրան այլևս այնտեղ չես գտնի:
- Այդ դեպքում այնտեղ ամեն ինչ մոխրի կվերածեմ,- վրդովվեց Սաին:
- Նման կերպ դու չես օգնի եղբորդ, պետք է խոհեմ գործել, ճիշտ օգտագործել հնարավորությունը, որը ոչ բոլորին է տրվում...
- Ինչու՞ եք այդպես խոսում, մի՞թե անհնար է...
- Խոսքը անհնարինի մասին չէ, Կանա՛չ աչք, ցավոք, յուրաքանչյուրս և դու կախում ունենք ժամանակից, այն հզոր զենք է, ցանկացած ասպարեզում չկա անկախ հասկացություն, չկա՛,- թույլ չտալով միտքն ավարտել՝ ավելացրեց Մարկոսը:
- Ինչպե՞ս, ես նույնպե՞ս,- տարակուսեց պատանին,- Ո՛չ, ես չեմ հավատում, մի՞թե անզոր եմ, երբ հերթը իմ եղբորը հասավ:
- Վրդովվելու կարիք չկա, տրված հնարավորությունը մի՛ շռայլիր անմիտ քայլերով,- խորհուրդ տվեց Մարկոսը,- ուզում եմ ասել՝ ցանկացած հնարավորություն անսահման չէ, այն պահ է, նայած ում որքանով է տրվում:
- Իմը նու՞յնպես:
- Ցավոք, այդ ասպարեզում բացառություն չկա, պարզապես քեզ մոտ այն մի քիչ տևական է, ահա՛ տարբերությունը:

Սաին գլուխը կախեց:

- Մի՛ վհատվիր, գործի՛ր արագ և արդյունավետ:
- Այո, շնորհակալ եմ,- համաձայնեց պատանին, վեր սլացավ:

***

Եղյամապատ հրապարակում, բարձր դամբարանին ծածանվում էր սպիտակ դրոշը: Դրոշի կենտրոնում Աղամանդի պատկերն էր՝ սպիտակ, խոշոր ադամանդը գլխաշորին: Նրա ձեռքը երևում էր՝ դրված երկար միրուքին... Սային հայտնվեց դրոշի կողքին: Նրա ուշադրությունը գրավեց դամբարանից դուրս եկող շարքը: Այնտեղ նկատելով եղբորը՝ ձայն տվեց՝ ցած սլանալով:

- Վերի՛,- գրկեց նրան, ուզեց վեր բարձրանալ:

Այդ պահին սնազգեստները սկսեցին կրակել: Նա երերաց, երբ մի քանի գնդակներ անցան մարմնի միջով: Վերին վիրավորված վայր ընկավ նրա գրկից:

- Վերի՛,- վախեցած ձայն տվեց նրան, մոտեցավ, նորից գետնից կտրեց, բայց Աղամանդի մարդիկ հասցրեցին Սաիի գլխին սև տոպրակ հագցնել:
- Այ սա խոստումնալից է,- հպարտ կեցվածք ընդունելով՝ արտասանեց Աղամանդը:- Տարե՛ք նրան և այնպես արե՛ք՝ փախչել չկարողանա, իսկ

ես պետք է այս մասին հայտնեմ պրոֆեսորին,- ինքնագոհ շեշտեց նա, անհետացավ պատվանդանից:

Սաին շղթայակապ հայտնվեց ներքնահարկում: Նրան երկար քարշ տվեցին գետնով, այնուհետ տիրեց լռություն: Պատանին փորձեց ազատվել գլխին հագցված պարկից, բայց ոչինչ չստացվեց: Նրա ձեռքերն ու ոտքերը շղթայակապ էին ու զամված: Նա իսկապես հայտնվել էր մութ զնդանում և, թակարդն ընկած գազանի պես, երկար գալարվում էր, հետո մնաց հատակին՝ անշարժ պառկած... «Ահա՜ անհնարինը»,- փհատված շշնջաց նա:

Սաին կիսանինջ էր, երբ ասեղի սուր ծակոցից վեր թռավ...

***

Օրեր անց Մարկոսը, միայնակ կանգնած, դիտում էր հեռուն՝ կարծես անհամբեր սպասելով մեկին:

- Հրամանատա՛ր,- մոտենալով դիմեց զինվորական հագուստով սևամորթ պատանին:
- Այո՛, Մալե՛, խոսի՛ր,- մտացիր պատասխանեց նա՝ շարունակելով դիտել հեռուն:
- Այնտեղ գիտնականն է, ուզում է Ձեզ տեսնել:
- Իսկ ինչու՞ միանգամից ներս չհավիրեցիր, թո՛ղ ներս գա,- Մարկոսն անհամբեր շտապեց դեպի ծառուղին:

- Բարով տեսանք, ու՞ր էիք այսքան ժամանակ,- հարցրեց նա՝ բարևելով հյուրին:
- Պահեստայինների անհետանալուց հետո Աղամանդն ինձ հանգիստ չի թողնում: Նա հետևում է իմ յուրաքանչյուր քայլին...
- Իսկ ինչպե՞ս հաջողացրիք այստեղ հասնել:
- Երբ Նաթիի հետ է, նրա զգոնությունը թուլանում է, ես էլ առիթից օգտվեցի...
- Ճիշտ եք արել, գիտնական, ես անհանգիստ էի:
- Իմ գալուց ի՞նչ օգուտ, երբ նա անհետացավ,- հուսահատ պատասխանեց գիտնականը, տխրեց:

Մի՛ հուսահատվեք, նա կվերադառնա,- ոչ պակաս տխուր հուսադրեց Մարկոսը:

- Ինչպե՞ս, կարծես նա իսկապես անհետացավ...
- Ժամանակի խնդիր է: Մենք այլընտրանք չունեինք: Մեզ մնում է սպասել:
- Իմ բացակայելն այնտեղից պետք է աննկատ մնա,- ասաց Աբգարը, նայեց եկած ծառուղուն:
- Այո՛, կարևորը կարողացաք ինձ լուր բերել, իսկ հիմա մեզ մնում է դիմակայել,- պատասխանեց Մարկոսը, ուղեկցեց Աբգարին մինչև վերջացավ ծառուղին:

Վերադառնալով գիտնականը մնաց լաբորատորիայում մինչև առավոտ: Վաղ ծեգին եկավ պրոֆեսորը:

- Պրոֆեսո՛ր, Ձեզանից չէ այսքան վաղ ներկայանալը,- զարմացավ Աբգարը՝ տրորելով անքնությունից ուռած աչքերը:
- Վաղ եմ եկել՝ անձամբ ներարկելու Կանաչ աչքին, ինչպես բոլորն անվանում են նրան,- ոգևորված պատասխանեց նա:- Հետաքրքիր է՝ ինչպիսի՞ն կլինի նա վերափոխվելուց հետո, երբ Մարկոսի ներկայությամբ սկսի ծառայել մեզ,- շարունակեց նա՝ երանությամբ ընկնելով բազմոցին:
- Ինձ համար նույնպես հետաքրքիր է,- առանց նրա կողմը նայելու՝ պատասխանեց Աբգարը:
- Դուք արդեն այստե՞ղ եք,- ներս մտավ Նաթին:

Նրա սևով ընդգծված աչքերը երջանկության փայլ ունեին, իսկ սևաթույր մազերը բարձր հավաքված էին, նեղ սպիտակ զգեստը ընդգծում էր գեղեցիկ կառուցվածքը: Բարձր կրունկներով երկարաճիտ կոշիկները հասնում էին մինչև ծնկները: Լանջաբաց հագուստը նրան դարձնում էր ցանկալի: Աբգարն ու Բենը հայացքով ուղեկցեցին, մինչև նա անցավ հաջորդ սենյակ:

- Տարօրինակ է Ադամանդի ուշանալը,- նկատեց Աբգարը՝ սովորության համաձայն թոթովելով ուսերը:
- Այո՛, ես էլ եմ զարմացած,- պատասխանի հետ պրոֆեսորը նայեց ժամացույցին:

Վերելակը բացվեց, հայտնվեց Ադամանդը:

- Որտե՞ղ է պատանին,- հարցրեց նա, նայեց սեղանին: Այն դատարկ գտնելով՝ բղավեց՝ կրկնելով հարցը:- Որտե՞ղ է պատանին:
- Այնտե՛ղ,- պատասխանեց Նաթին, ոչինչ չհասկանալով՝ հարցական նայեց նրան՝ ձեռքով դեպի ներքև ցույց տալով:
- Ո՛չ, նա այնտեղ չէ, անհետացել է,- շարունակեց հոխորտալ Ադամանդը:
- Ինչպե՞ս,- հարցրեցին ներկաները միաժամանակ՝ չթաքցնելով զարմանքը:
- Այո՛, այո՛, անհետացել է,- հաստատեց նա,- և դուք պատասխան կտաք: Առաջին հերթին Դուք, գիտնակա՛ն,- արնակալած աչքերը սևեռելով Աբգարին՝ շեշտեց Ադամանդը:
- Դարձյա՞լ ես,- ձեռքերը տարածելով՝ ծոր տվեց գիտնականը:
- Պրոֆեսո՛ր, պատանուն այստե՛ղ բերեք, այլապես իմ հետագա քայլի համար պատասխան կտաք բոլորդ,- բղավեց նա՝ իրեն կորցրած:

Աբգարը կուչ եկավ:

- Այո՛, այո՛, գիտնակա՛ն, ես Ձեզ խոստացել եմ և իմ խոսքի տերը կլինեմ: Դուք եք այդպես ցանկանում:
- Դուք համոզվա՞ծ եք՝ պատանին անհետացել է մեզանից մեկի պատճառով,-հարցրեց Նաթին:
- Այո՛, նա չէր կարող այնտեղից ինքնուրույն դուրս պրծնել, որքան էլ թռչել կարողանար, ինքս եմ

զամել նրա շղթաները- վստահ պատասխանեց Աղամանդը՝ ոտքերի թաթերին ճոճվելով, ձեռքերը ետ դրած:

- Այդ դեպքում ոչինչ չեմ հասկանում,- զարմացավ պրոֆեսորը:
- Այս դեպքում հասկանալը կարևոր չէ: Դուք կկատարեք Ձեր խոստումը՝ կառավարելով բանակը...
- Նորի՞ց,- տագնապեց գիտնականը:
- Այո՛, հարգելի՛ գիտնական, և այն կշարունակվի այնքան ժամանակ, մինչև պատանին իմ ձեռքում լինի, պահեստայիններն՝ առավել ևս:
- Իսկ զուցե Դուք պատրվա՞կ էիք փնտրում՝ սկսելու Ձեր ծրագիրը,- համդգնեց հարցնել Աբգարը:
- Թեկուզ, ցանկացած իրադարձություն իր պատճառն ունի, պատերազմն՝ առավել ևս:

Աղամանդը լքեց նրանց՝ սևազգեստների ուղեկցությամբ, մյուսները հետևեցին նրան հայացքով...

***

Մեզապոլիսի կենտրոնական մասը շողում էր արծաթափայլ եղյամյա հագուստով: Սովորության համաձայն՝ Աղամանդը դիտում էր դիտարանից: Հրապարակում հայտնվեց պրոֆեսորը, շտապեց միանալ նրան:

- Որտե՞ղ է Աբու-Սաիդը,- տեսնելով պրոֆեսորին՝ հարցրեց Աղամանդը:
- Այնտե՛ղ, որտեղ ռոբոտ-զինվորներն են, ի՞նչն է Ձեզ հետաքրքրում:
- Նա այնպիսի՞ն է...
- Ա՜,- ծոր տվեց պրոֆեսորը,- հասկանում եմ Ձեր անհանգստությունը: Դուք կասկածում եք մեր ուժերին: Ձեր ժամն է, շարե՛ք բանակը և ինքներդ կտեսնեք, թե ինչպիսին է նա:

Նրա առաջարկությունից Աղամանդի դեմքը փայլեց: Պրոֆեսորը ետ կանգնեց, նրան հետևեցին նաև սնազգեստները: Աղամանդը համբույր դրոշմեց շողացող թանկագին քարին, շոյեց երկար միրուքը, շոյված նայեց իր պատկերը կրող դրոշին: Ծանր ճռռոցով ետ գնաց քարե դուռը, երևաց խավարը:

- Աբու-Սաի՛դ,- ձայն տվեց նա:
- Այո՛, տե՛ր, հրամայե՛ք,- հայտնվելով նրա դիմաց՝ պատասխանեց ռոբոտ-զինվորը:
- Գտնե՛լ Կանաչ աչքին և ինձ մոտ բերել,- նախ հայացքով տնտղեց Աբու-Սաիդին, հետո հրամայեց նա:
- Այո՛, տե՛ր,- պատասխանեց ռոբոտ-զինվորը, դեմքը դարձրեց դեպի բաց դուռը, բարձրացրեց աջը:

Երևաց շարքի սկիզբը: Աղամանդը ետ քաշվեց, կանգնեց պրոֆեսորի մոտ: Եղյամյա հրապարակը սևացավ ռոբոտ-զինվորների բազմությունից: Աղամանդն ինքնագոհ հայացքը սահեցրեց շարքերով:

- Այսպես լավ է,- լսելի շշնջաց նա:
- Գտնե՛լ Կանաչ աչքին,- Աբու-Սաիդը կրկնեց հրամանը:

Յուրաքանչյուր ռոբոտ-զինվոր եթերային քայլով արշավեց դեպի քաղաքը: Հրապարակը դատարկվեց, երբ ամենազնացը սլացավ՝ տանելով Աղամանդին և պրոֆեսորին:

***

Մարկոսը այդ օրը հաճախ էր երևում բակում: Նա երկար դիտում էր դատարկ արահետը, կարծես անհամբեր սպասելով մեկին: Այս անգամ մնաց կանգնած, մինչև հսկա ծառերի արանքից երևացող մարդը մտավ բակ:

- Ռոբոտ-զինվորներին Աղամանդն արշավանքի հանեց ողջ մեգապոլիսով,- անհանգստացած սկսեց գիտնականը՝ մոտենալով նրան:
- Սարսափելի է մտածել մեր ձախողման հետևանքի մասին,- խորը հոգոց հանեց Մարկոսը:
- Այո, առայժմ Աղամանդի առավելությունն ակնհայտ է:
- Թույց նրա առավելությունը ստիպված լինենք դեռ երկար ժամանակ հանդուրժել,- շարունակեց

Մարկոսը, ապա մի պահ լռեց, ընկավ մտքերի մեջ,- ի վերջո պետք է գտնել այդ չարի բույնը վերացնելու բանալին:

- Ինչպե՞ս,- ուսերը վեր քաշեց գիտնականը:
- Դժվար է լինելու, քանի որ նախատեսված չէր պատանու անհետանալը կամ...- Մարկոսը նորից, միտքը կիսատ, լռեց, նայեց հեռուն:
- Բանակը պատրա՞ստ է,- հետաքրքրվեց գիտնականը:
- Այո՛, այն զինված է, սակայն չպետք է անտեսել այն փաստը, որ մենք գործ ունենք ոչ թե գաղափարով ընդառաջվող բանակի հետ, այլ արհեստական ճանապարհով զգայարաններից զրկված զանգվածի,- ցավով նշեց Մարկոսը:
- Այս անգամը, թվում է՝ այնքան էլ հաճախակի չեն պայթյունները,- նկատեց գիտնականը՝ նայելով դեպի քաղաքի կողմը:
- Ուրեմն այն ավելի արյունոտ է,- հետևություն արեց Մարկոսն, ապա ձայն տվեց,- Մալե՛:
- Այո՛, հրամանատա՛ր:
- Գործելու ժամն է,- հրահանգեց նա՝ մի տեսակ դառնացած:
- Լսում եմ:
- Պետք է անպայման հանդիպել պրոֆեսոր Բենի հետ,- շարունակեց Մարկոսը՝ դիմելով Աբգարին:
- Անիմաստ է:
- Ինչու՞:

- Այս անգամ անձամբ է կառավարում բանակը:
- Փորձը փորձանք չէ, թեկուզ ցանկացած փորձ հազար փորձանք է մեր գլխին բարդում, բայց փորձենք:

Գիտնականն անխոս ուսերը թոթովեց, հետևեց Մարկոսին:

***

Փողոցներում վխտում էին ռոբոտ-զինվորները: Թվում էր՝ քաղաքից անհետացել են բնակիչները:

- Մարկո՛ս, պետք է զգուշանալ նրանցից,- նկատեց գիտնականը, երբ ընդառաջ դուրս եկան ռոբոտ-զինվորները՝ ճոճելով սղոց ձեռքերը:
- Այո՛,- ծոր տվեց Մարկոսը,- միայն սա էր պակասում մեզ,- ապա շարունակեց,- նրանք սղոցով են սպանում, պետք է մի կերպ խույս տալ:

Մարկոսը ստիպված էր վազել, գիտնականը հետևեց նրան: Մյուս շենքի անկյունից նորից երևացին ռոբոտ-զինվորները՝ նույնպես զինված սղոցե ձեռքերով:

- Մի՞ թե կորած ենք,- շշնջաց Մարկոսը՝ մնաց տեղում քարացած:

Աբգարն առաջ անցավ:

- Դուք շտա՛պ հեռացեք, ես նրանց կզբաղեցնեմ:

Մարկոսը տեղից չշարժվեց: Լսվող աղմուկը նրանց ստիպեց վերև նայել:

- Հազի՛վ,- շշնջաց Մարկոսը՝ աչքը չկտրելով վայրէջք կատարող ուղղաթիռներից:

Մինչ զինվորներն օգնության կհասնեին, նա, գիտնականի հետ, խույս տալով ռոբոտ-զինվորներից, հայտնվեց շենքի միջանցքում, սկսեցին աստիճաններով բարձրանալ: Ուղղաթիռները, որոշակի բարձրության վրա, մնացին կախված: Ճոճասանդուխքներով ցած թափվեցին զինվորները: Նրանք, կրակ բացած, հարձակվեցին ադամանդի զինվորների վրա, որոնք գնդակից տապալվում էին, սակայն նորից ոտքի կանգնում՝ առաջ մղվելով: Երբ Մալեն իր խմբով ռոբոտ-զինվորների ուշադրությունը շեղեց, Մարկոսն ու գիտնականը կարողացան հայտնվել վեցանկյուն շենքի մոտ: Ներս մտնելուն պես սկսեցին աստիճաններով վեր բարձրանալ:

- Ավելի հեշտ չէ՞ր վերելակից օգտվելը,- հևասպառ հետևելով Մարկոսին՝ նկատեց Աբգարը:
- Այո, հեշտ կլիներ, բայց շտապողականությունը վատ խորհրդատու է, ահա մենք օգտվեցինք այս վատ խորհրդից, որը հույսով եմ վատ հետևանք չի ունենա:

Պրոֆեսորը նստած էր գրասեղանի մոտ, երբ նրանք ներս մտան:

- Ողջու՛յն, պրոֆեսո՛ր,- ասաց Մարկոսը և առանց կանգ առնելու՝ մոտեցավ սեղանին:
- Ողջու՛յն,- ոտքի կանգնեց պրոֆեսորն՝ անակնկալի եկած:
- Չե՞ք կարծում դադարեցնել է հարկավոր այս անմիտ արյունահեղությունը,- վրդովված հարցրեց Մարկոսը:
- Այն կտևի այնքան, որքան անհրաժեշտ է, այդպիսին է Ադամանդի հրամանը:
- Իսկ դու՞ք, չէ՞որ Դուք եք կառավարում նրանց,- ավելի վրդովվեց Մարկոսը:

Պրոֆեսորը կասկածամտորեն մե՛կ նայեց նրան, մե՛կ՝ Աբգարին:

- Ինչպես գիտնականը, ես նույնպես աշխատում եմ: Ցանկացած աշխատանք հարգի է անգործությունից: Ի՞նչ եք կարծում, գիտնական,- հեգնեց պրոֆեսորը:

Աբգարը, սովորության համաձայն, թոթովեց ուսերը:

- Դադարեցնելով այս մարդակերությունը, կարծում եմ՝ Դուք չեք դառնում գործազուրկ,- նկատեց Մարկոսն, ապա շարունակեց:- Նման իրավիճակում հեգնել ճոխ թաքստոցից, առնվազն, անմարդկային է:
- Չեմ կարծում այն շատ խորը հետևանք կունենա,- անտարբեր պատասխանեց պրոֆեսորը:

Նրա պատասխանը հունից հանեց Մարկոսին:

- Ինչպե՞ս, Դուք Ձեր ստեղծած զգայարաններից զուրկ զանգվածն ուղղել եք հասարակ, անզեն ժողովրդի դեմ և դեռ կարծի՞ք եք հայտնում:
- Օ՜, և ովքե՞ր են մեզ հյուրընկալել,- ներս մտնելով բարձր տրամադրությամբ՝ բացականչեց Ադամանդը,- դե ի՞նչ, պարո՛ն Մարկոս, տարօրինակ մարդը հաղթում է մարդուն՝ ի սեր մարդկության,- նույն ոգևորությամբ շարունակեց նա:
- Իսկ չե՞ք կարծում, մա՛րդ, ինչպես Դուք եք Ձեզ անվանում՝ Ձեր տարօրինակությամբ՝ փորձանք եք մարդկության գլխին,- պատասխանեց Մարկոսը:
- Ո՛չ, պարզապես պետք է ընդունեք իմ առավելությունը, և վե՛րջ, միաժամանակ ետ վերադարձնելով իմ զինվորներին և Կանաչ աչքին:
- Պրոֆեսո՛ր, փոխե՛ք խաղի կանոնները,- նորից Մարկոսը դիմեց Բենին՝ Ադամանդին թողնելով անպատասխան:
- Ինչպե՞ս,- պրոֆեսորը նայեց Ադամանդին:
- Պարզապես դադարեցրեք այս արյունահեղությունը,- շեշտեց Մարկոսը:
- Մի՞թե վատ նախաբան է,- ինքնագոհ միջամտեց Ադամանդը:

Պրոֆեսորը ոտքի կանգնեց, անցավ նրանց մոտ:

- Առայժմ ոչինչ անել չեմ կարող:
- Ինչու՞,- զարմացավ Մարկոսը,- իսկ ե՞րբ կարող եք:

- Երբ նրանք դառնան անկառավարելի: Այդպիսին է նրանց ծրագիրը:
- Որքան հասկանում եմ, ներկա պահին նրանց տերերն ավելի անկառավարելի են, քան նրանք,- վրդովվեց Մարկոսը:
- Մարդասե՛ր, Դուք անցնում եք վիրավորանքի,- նկատեց Աղամանդը:
- Դա վիրավորանք չէ, այլ ճշմարտություն, որը, ցավոք, նաև իրականություն է:
- Մինչ Դուք այստեղ անմիտ վիճում եք, դրսում նրանք մարդկանց են հոշոտում,- միջամտեց Աբգարը:
- Մի՞թե վատ սկիզբ է, գիտնակա՛ն, մի՞թե այն նաև Ձեր աշխատանքի արդյունքը չէ,- պատասխանեց Աղամանդը՝ չթաքցնելով հեգնանքը:

Մարկոսը վրդովված նայեց նրանց:

- Ինչու՞ եք վրդովվում, մարդասե՛ր, Դուք պարտք եք ինձ, և միայն դրանից հետո կխոսենք պայմանի մասին:
- Պարզապես նա տանել չի կարողանում, երբ ամռանն է ձյունը տեղում,- միջամտեց Աբգարը՝ գլխով ցույց տալով դեպի դուրս:
- Ոչ միայն ես, այլ բոլոր նորմալ մարդիկ,- շեշտեց Մարկոսը:
- Ի միջիայլոց մարդասեր լինելն այնքան էլ վատ չէ, եթե այդ սիրող մարդը մարդ մնա,- երկար լռելուց հետո հետևություն արեց պրոֆեսորը:

- Այս պահին խոսքը մարդ լինել կամ չլինելու մասին չէ, պրոֆեսո՛ր, Դուք ևս հետևություն արեք Ձեր խոսքերից՝ մարդ մնալով,- վրդովվեց Մարկոսը:
- Ես պատերազմ եմ հայտարարում, թեկուզ իմ ռոբոտ-զինվորները հոշոտեն ողջ մարդկությանը,- ֆշշացրեց Ադամանդն ատամների արանքից, դիմեց դեպի դուռը:

Մարկոսն ու Աբգարը մնացին թևաթափ կանգնած

- Դուք արդեն հայտարարել եք,- ավելի շուտ ինքն իրեն խոսեց Մարկոսը՝ հայացքով հետևելով նրան:

***

Հին աշխարհի փողոցները ժամ առ ժամ նոր գույն էին հագնում: Մարկոսն ու Աբգարը շտապում էին՝ աշխատելով աննկատ մնալ ռոբոտ-զինվորներից, սակայն նրանցից մի քանիսը նկատելով սկսեցին հետևել նրանց:

- Կարծես նրանց պատրաստել են միայն սպանելու համար,- նկատեց Մարկոսը, սկսեց ավելի արագացնել քայլերը:
- Կարծում եմ՝ հետզհետե նրանք դառնում են անկառավարելի,- Մարկոսին հետևելով՝ երկյուղած պատասխանեց Աբգարը:
- Այո՛, իսկ ես կարծում եմ՝ ահա՛ և տեղ հասանք,- հետևող ռոբոտ-զինվորներից հայացքը չկտրելով՝ ծոր տվեց Մարկոսը:

Նրանք մեջքով դեմ առան պատին: Շենքի հակառակ անկյունից երևաց զինվորների մի մեծ խումբ: Վազքով մոտենալով նրանց՝ սկսեցին կրակել: Աբգարն ու Մարկոսը տապալվեցին ցած:

- Հրամանատա՛ր,- ձայն տվեց զինվորներից մեկը, մոտեցավ բարցրացրեց նրան:
- Ա՜, Մալե՛, դու՞ ես,- ուրախացավ Մարկոսը:
- Ձեզ հետ ամեն ինչ կարգի՞ն է:
- Այո՛, մենք ավելի շատ Ձեր գնդակներից պաշտպանվեցինք,- ծիծաղեց նա, նայեց դեռ գետնին պառկած գիտնականին,- Աբգա՛ր, Դուք ո՞ղջ եք:
- Այո՛,- դժվարությամբ նստելով՝ պատասխանեց նա:
- Մալե՛, նրանք շա՞տ են,- գլխով դեպի տապալված ռոբոտ-զինվորների կողմը ցույց տալով՝ հարցրեց Մարկոսը:
- Այո՛, բայց ցավոք անջատվում են ժամանակավորապես, հետո կարծես նորից վերալիցքավորվում են, դառնում ավելի կատաղի: Պետք է շտապել այստեղից դուրս պրծնել:

Աբգարը նայեց շուրջն, ապա Մալեին ցույց տվեց իր թևի ժամացույցը:

- Նրանք սրանից կրու՞մ են:
- Ոչ բոլորը:

- Երբ գնդակից անջատվում են, սեղմի՛ր վրայի կարմիր կոճակը:
- Եվ ի՞նչ,- հարցրեց Մարկոսը Մալեի փոխարեն:
- Եթե պրոֆեսորը այլ ծրագրով չի կառավարում նրանց, ապա կարծում եմ՝ նրանք դրանից դառնում են անպետք զոմբիներ,- բացատրեց նա, Մարկոսի հետ ոտքի կանգնեցին:

Զինվորները, Մալեի գլխավորությամբ, նրանց իրենց մեջ առան:

- Օգնեցե՛ք,- հանկարծ լսվեց շատ մոտիկից:

Բոլորը նայեցին այն կողմ: Ռոբոտ-զինվորը վազում էր՝ իր հետ տանելով Վիվիին:

- Իմ աղջի՛կը, նա Վիվին էր,- հուսահատ բացականչեց Աբգարը, չոքեց:

Նրան բարձրացրեց Մարկոսը, հենեց իրեն: Վերևից լսվեց շարժիչների աղմուկը, նորից երկնքում երևացին հերթական ուղղաթիռները:

- Նրանք ուշացան ընդամենը վայրկյաններ,- մղկտալով արտաբերեց Աբգարը, երբ ռոբոտ-զինվորն անհետացավ շենքերի արանքում:

***

Մեգապոլիսը, նոր գույնի հետ, կարծես փոխել էր նաև բնակիչներին: Այնտեղ ավերակների հետքն անգամ չկար: Բայց թվում էր՝ քաղաքի նոր գույնից արևը խռոված ուրիշ ճամփով էր ընթանում՝ հեռու՝ գունատված եզերքից: Այն նման էր հյուսիսային քաղաքների ձմեռային սպիտակ գիշերներին: Աղամանդը դիտարանից երկար դիտում էր սառած համայնապատկերը, որի միապաղաղությունը լրացնում էին անտարբեր թափառող ռոբոտ-զինվորները: «Ժամանակն է՝ ընդլայնելու իմ իշխանության սահմանները»,- խոսեց ինքն իրեն, սեղմեց զանգի կոճակը:

- Այո՛, Աղամա՛նդ,- ներս մտավ Նաթին:
- Որտե՞ղ է պրոֆեսորը:
- Ինչպես միշտ վեցանկյունում:
- Ուզում եմ տեսնել նրան:

Նաթին անխոս դուրս եկավ, քիչ հետո ներս մտավ պրոֆեսորը:

- Ի՞նչ կա: Նաթին ասաց՝ ուզում եք ինձ տեսնել:
- Այո՛, պրոֆեսո՛ր, նստե՛ք,- ասաց Աղամանդն, ինքը մոտեցավ, նայեց դուրս:
- Պրոֆեսո՛ր, ինչպե՞ս եք վերաբերվում այն մտքին, եթե իմ տիրության սահմաններն իրենց մեջ առնեն նաև արվարձանները, իսկ քաղաքը վերաբնակեցվի նոր բնակիչներով:
- Ինչպե՞ս,- զարմացավ պրոֆեսորը,- համարյա բոլորը փախել են մեր հաղթանակից և ռոբոտ-զինվորներից:

- Մենք ռոբոտ-զինվորների միջոցով պատերազմ կիրահիրենք այլ երկրում, այնտեղից ինքնաբերաբար փախստականները կհայտնվեն այս քաղաքում, ի՞նչ եք կարծում:
- Վատ միտք չէ, այլապես ձանձրալի է անգամ այս ճոխ վայելքը:
- Որքա՞ն զինվոր ունենք:
- Եթե պատանին դեռ գոյություն ունենար, նրանց թիվն ավելի քիչ կլիներ, իսկ գուցե և մենք պարտված, բայց հաջողությունը մերն է, և համարյա նույնն են շարքերը, միայն որոշ աշխատանք պետք է տարվի նրանց վերադարձնելու մարտական պարտականություններին:
- Եթե միայն դա է խնդիրն, ապա մանրունք է,- ինքնավստահ պատասխանեց Ադամանդը,- Սկսե՛ք:

Պրոֆեսորը զարմացած նայեց նրան:

- Ի՞նչ կա, պրոֆեսոր, ինչ որ բան այնպես չէ՞:
- Իսկ զենքի իրացումն ինչպե՞ս է լինելու, մենք այն արտադրում ենք ինքնապաշտպանության պատրվակով, սակայն լավ գիտեք հիմնական նպատակը:
- Մի՞թե դադարեցվել է իրացումը, շարունակե՛ք իրացնել ետամնաց երկրներում, այն ամենաշահութաբերն է մեր բիզնեսում:
- Իսկ ինչպե՞ս զինել ռոբոտ-զինվորներին:

- Կարծում եմ՝ նրանց վերազինելը որպես մահապարտ և՛ ինձ է ձեռնատու, և՛ Ձեզ: Պատերազմը կավարտվի, նրանք էլ հետը,- խորամանկ ժպտաց Աղամանդը:- Ի՞նչ եք կարծում, մի՞թե խաղաղ ժամանակ նրանք փորձաքար չեն մեր գլխին, ահա՛ նայեք դուրս,- ասաց Աղամանդը, մոտեցավ լուսամուտին, նրան հետևեց պրոֆեսորը:
- Պետք է գտնել համապատասխան թիրախ-պետությունը՝ որպես հակամարտության դաշտ:
- Կարծում եմ՝ իրավիճակը սրելու համար միայն մի քանի պայթյուն է հարկավոր իրականացնել;
- Այդ դեպքում պետք է դիպչել որևէ ինքնաիրություն ունեցող երկրի, որպեսզի նա անպայման պատասխանի,- նկատեց պրոֆեսորը:
- Այո՛, և մենք շատ մոտիկ կլինենք լիարժեք հաղթանակին,- ոգևորվեց Աղամանդը:
- Չեմ կարծում՝ ժամանակակից պատերազմից կարելի է հաղթանակ ակնկալել, պարզապես հակամարտությունները հաճախ սրվում են շահի համար, նաև մարդկային քանակը կրճատելու, իսկ յուրաքանչյուր հակամարտության կողմնակից զինվոր միամտորեն պայքարում է գոյություն չունեցող հաղթանակի համար:
- Ինձ համար դա կարևոր չէ: Այսօր մարդկային կյանքը ոչինչ է: Տեխնիկան այն ոչնչացնում է,

լավագույն դեպքում հարցականի տակ է դնում մարդու երկարակեցությունը:

- Այո՛, և լավ է, որ գոյություն ունի «պատերազմ» հասկացությունն: Այն օրինականացնում է ցանկացած հանցագործություն,- նկատեց պրոֆեսորը:
- Ուրեմն սկսե՛ք, պրոֆեսո՛ր: Ցանկացած սպեղանի տհաճ է քիմքին՝ թույնն է հաճելի, որ աննկատ ապականում է մարդու հոգին: Սկսե՛ք այդ սպանիչ ու հաճելի նեկտարով: Թո՛ղ յուրաքանչյուրը պայքարի՝ հաղթանակի ակնկալիքով:
- Այո,- համաձայնեց պրոֆեսորը:

Աղամանդը սեղմեց զանգի կոճակը: Ներս մտավ Նաթին:

- Կարո՞ղ ես երկու բաժակ սուրճ բերել:
- Այո՛,- պատասխանեց Նաթին, մի ցանկալի հայացք նետեց պրոֆեսորին:

Աղամանդը դեմքը խոժոռեց:

***

Պատանին աճեղի սուր ծակոցից վեր թռավ, ոտքի կանգնեց: Մի պահ գլխապտույտ զգաց, կարծես տիրող խավարն անհետացավ: Նրա վրայից թափվեցին շղթաները, մի կողմ շպրտեց գլխին հագցված տոպրակը, սկսեց վազել ամայի, անծանոթ փողոցներով: Վազքի հետ բարձրացավ սաստիկ քամի, դեղնած տերևները ավազախառը օդ բարձրացան: Փչող քամու ձայնը վերածվեց սուլոցի: Պատանին սլացավ վեր: Երբ սկսեց օդում ճախրել, ներքևում երևացին սև կերպարներ: Նա ցած սլացավ, հայտնվեց դատարկ տարածությունում, որտեղ դանդաղ հայտնվում էին տարօրինակ արտաքինով անթիվ արարածներ: Հայտնվելով նրանք քայլում էին քամուն հակառակ ուղղությամբ: Առջևից քայլողի վրա բացվեցին մեծ թևերը: Նա վեր սլացավ, նրան հետևեցին մյուսները: Նրանց ճակատի լուսատիտիկները գիշերային երկինքը վերածեցին աստղիկների պարի: Ձյան պես դանդաղ՝ սկսեց ամենուր պատել մշուշը, ինչի հետ հայտնվեցին ուրիշ կերպարանքով էակների շարքերը: Առաջին շարքից առանձնացավ քառակուսի գլխով մեկը: Սաիին թվաց՝ նրա դեմքը հավաքված է փոքրիկ մասնիկներից: Խոռոչներից դուրս էին ցցված աչքերը, բերանը մեծ էր՝ շրթունքներից զուրկ: Երկար, սև բաձկոնի թևքերից երևում էին կմախք հիշեցնող մատները: Նրա երկար, խռիվ մազերը ցիր էին եկած: Ուրվականի պես, օդային քայլերով մոտեցավ պատանուն:

- Ի՞նչ է կամենում Կանաչ աչքը:
- Դու ո՞վ ես,- զարմացած հարցրեց պատանին, երբ նա նրան դիմեց անունով:

- Ուրվական եմ, սովորական ուրվական,- պատասխանեց նա, ետ դարձավ, կանգնեց շարքի գլուխը:
- Է՛յ, ուրվակա՛ն:
- Այո՛, Կանա՛չ աչք,- նորից առաջ եկավ նա:
- Որտե՞ղ եմ հայտնվել ես:
- Ուրվականների աշխարհում:

Սաին տարակուսած նայեց շուրջը, նորից հարց տվեց.

- Ինչպե՞ս կարող եմ դուրս գալ այստեղից:
- Դու չես կարող այստեղից դուրս գալ:
- Ինչու՞,- հանկարծակիի եկավ Սաին:
- Ձյունահերը թույլ չի տա:
- Ո՞վ է Ձյունահերը:
- Նա մեր առաջնորդն է, նա է մեզ այստեղ պահում: Եթե նա քեզ տեսնի, դու այլևս չես կարողանա վերադառնալ քո աշխարհ, ինչպես դա պատահեց յուրաքանչյուրիս հետ:
- Իսկ հնարավոր չէ՞, որպեսզի նա չիմանա իմ մասին:
- Հնարավոր է:

Սաին ուրախացավ:

- Ինչպե՞ս:
- Եթե դու համաձայնվես վերադառնալ այնտեղ մեզ հետ միասին:
- Իսկ այդ Ձյունահե՞րը: Չէ՞ որ Դուք նրան եք ենթարկվում:

- Առայժմ նրան ենք ենթարկվում, իսկ այստեղից դուրս՝ մենք ոչ ոքի ենթակա չենք: Ուրվականը չի կարող տեր ունենալ,- քառակուսի գլուխն աստիճանաբար սկսեց ձայնը բարձրացնել, այն նմանվեց Աբու-Սաիդի ձայնին:

Սաին զարմացած նայեց նրան, հարցրեց.

- Իսկ հետո՞:
- Իսկ հետո մենք ենթակա կլինենք առաջին հրամայողին այնքան ժամանակ, մինչև կատարենք նրա հրամանը, այնուհետև կմնանք անկախ:

Սաին հաղթական ժպտաց, ապա առանց մտածելու գոչեց.

- Մենք արշավում ենք նրանց աշխարհ:

Հնչեցրած հրամանից հետո քամին ավելի ուժգնացավ, գետինը ցնցվեց: Քառակուսի գլուխը կանգնեց սալ քարին, անսպասելի հայտնվեց Ջյունահերը:

- Ահա՜, թե ով է հայտնվել, բռնե՜լ Կանաչ աչքին,- տեսնելով ուրախացավ, ապա հրամայեց նա:

Նրա ձայնը Սաին նմանեցրեց Աղամանդի սրահի սիրամարգի կռինչին՝ «Նրա մազերը հիշեցնում են թռչունի ճերմակ պոչը»,- ցածրաձայն ասաց նա:

- Մենք արշավում ենք նրանց աշխարհ,- Քառակուսի գլուխը կրկնեց Սաիի հրամանը՝ կարծես չնկատելով Ջյունահերին:

Յուրաքանչյուր ուրվական թղթի թեթևությամբ սկսեց քամու հետ օդ բարձրանալ, մի պահ ճախրելուց հետո անհետանալ տարածությունում: Երբ անհամար շարքերը վերջացան, Քառակուսի զլուխը մոտեցավ ձեռքը դրեց պատանու ուսին:

- Քո հերթն է Կանաչ աչք:
- Ո՛չ,- բղավեց Զյունահերը,- դու պարտավոր ես կատարել իմ հրամանը, Քառակուսի՛ գլուխ:
- Այո՛, Զյունահե՛ր, առաջին հրամանին հաջորդում է երկրորդը,- պատասխանեց ուրվականը, բռնեց պատանուն, վեր սլացավ:

Սաhին ետ նայեց, նրանց հետևում էր ճերմակ սիրամարգը:

Բացի ռոբոտ-զինվորներից մեզապոլիսի փողոցներում սկսեցին վխտալ անհամար տարօրինակ, այլակերպված արարածներ, որոնք, շարունակվող փչող քամու հետ, սուրում էին, և յուրաքանչյուրը, հասնելով զետնին, կարծես ողջազուրվում էր պատահած ռոբոտ-զինվորի հետ, անմիջապես սկսում խմել նրա արյունը, որից հետո ռոբոտ-զինվորն անշունչ փռվում էր ցած, իսկ ուրվականը դառնում էր նրա նմանակը՝ տարբերվելով միայն երկու մեծ ժանիքներով: Շուտով փողոցներում սկսեցին վխտալ ժանիքավորները: Տեղ-տեղ երևացին ռոբոտ-զինվորների անշնչացած մարմինները:

Ադամանդի մեքենան կանգ առավ հրապարակում այն պահին, երբ Սաին Քառակուսի գլխի հետ հայտնվեց այնտեղ: Տեսնելով նա ուրվականի հետ հայտնվեց պատվանդանին, նրա աչքերից պոկվեց շանթը, դիպավ չալմայի ադամանդին՝ վերածվելով զիգզագների՝ ետ դարձավ՝ գալարվելով անհետացավ:

- Կանա՛չ աչք, ահա՛, թե ով է հայտնվել և ում է ուզում ոչնչացնել: Ես՝ ամենակարողս, նաև անխոցելի եմ,- բացականչեց Ադամանդն, ապա աչքի պոչով նայեց ուրվականին,- ո՞վ է նա,- հարցրեց՝ ակամա իջեցնելով ձայնը:
- Ուրվական, սովորական ուրվական,- հանգիստ պատասխանեց Սաին:
- Իսկ ինչու՞ այդպես, մի՞թե իմ բանակը քիչ էր,- ծիծաղելով ավելացրեց Ադամանդը,- ցանկացար ծառայե՞լ իմ գաղափարին:
- Ո՛չ, պարզապես նրանք Ձեր բանակի վերջը կտան:
- Հա՛, հա՛, հա՛, իսկ հետո՞: Տեսնում եմ՝ քո ուրվականները, ինչպես անվանեցիր, ոչնչով չեն տարբերվում իմ ռոբոտ-զինվորներից:
- Տարբերվում են:
- Ինչո՞վ,- անհամբեր հարցրեց Ադամանդը:
- Ձեր զինվորները ոչնչացնում են բնակիչներին, իսկ ուրվականները բացառապես ոչնչացնում են ռոբոտ-զինվորներին: Հետաքրքիր է, այնպես չէ՞,-

հաղթական պատասխանեց Սաին, որից Ադամանդի նյարդերը նկատելի տեղի տվեցին:

- Իմ դիրքերը վաղուց ամրապնդված են, այնպես որ այդ ուրվականները կոչնչացնեն ռոբոտ-զինվորներին, իսկ ես պարզապես ստիպված կլինեմ նորերով համալրել բանակի շարքերը, իհարկե, այն նույնպես իմ ծրագրի շրջանակներում է, այնպես որ դու ընդամենն ինձ ստիպում ես դիպչել նոր օջախների, որը ևս իմ սրտով է:
- Այն չեմ սկսել Ձեր հաղթանակի համար: Շուտով անգամ ինքներդ կսարսափեք նրանցից,- պատասխանեց Սաին:

Քառակուսի գլուխը մոտեցավ, կանգնեց Ադամանդի հետևում, շնչելով նրա ծոծրակին: Ադամանդը ետ քաշվեց՝ փորձելով թաքցնել վախը: Այն չվրիպեց Սաիի ուշադրությունից:

- Սարսափելի՞ է հոշոտվել նմանակի կողմից:
- Իհարկե՛, Կանա՛չ աչք: Ինձ համար մահը սարսափելի չէ՝ սարսափելի է, թե ինչպես կմեռնեմ:
- Ինչու՞ եք եկել, եթե նրանք սարսափելի են Ձեր համար,- հարցրեց պատանին՝ ցույց տալով քամու հետ շարժվող ուրվականներին:

Քառակուսի գլուխն ավելի մոտիկացավ Ադամանդին:

- Ինչու՞ է նա ինձ հետևում:
- Գուցե փնտրում է իր մարմի՞նը:

- Ես նրա մարմինը լինել չեմ կարող, թո՛ղ փնտրի ռոբոտ-զինվորների մեջ,- սարսափած հոխորտաց նա,- ապա շարունակեց,- սա իմ պատերազմն է, և քո առավելությունն ինձ համար անտանելի է: Ազատի՛ր դաշտը քո անպետքության հետ:
- Եթե ըմբոստանում եք, ուրեմն ես ավելի հզոր եմ, քան կարծում էի,- ինքնավստահ գոչեց Սաին:- Գուցե պատերազմը Ձերն է, բայց պատերազմողը երբեք երկար գահին չի բազմում, շատ ժամանակ նրա հաղթանակը վայելում են ուրիշները: Ձեր դեպքում հաղթանակը չարիք է, իսկ հիմա հեռացե՛ք, այստեղ Ձեր համար այնքան էլ անվտանգ չէ, որքան էլ անխոցելի եք, եթե իհարկե ցանկանում եք շարունակել վայելել հաղթանակի պտուղները:
- Ինչպե՞ս, ես եմ այս քաղաքի տերը:
- Գուցե փորձում եք, բայց դեռ շատ հեռու եք Ձեզ քաղաքի տեր զգալուց: Ինչպես նկատեցիք, նրանք չունեն օտար և յուրային հասկացողություն: Մարդը նրանց համար պարզապես կեր է: Դուք նրանց տերն եք, ոչ քաղաքի,- հեգնեց Սաին:
- Ինչու՞ նորից վերադարձար, ո՞վ ես դու, որ հայտնվել ես իմ ճանապարհին:
- Ես այլ եմ, Ձեր իրագործվող ծրագրի ողորմածությամբ: Ես ոչ մի աշխարհի չեմ պատկանում: Թափառում եմ երկու աշխարհների միջև:

- Աղամա՛նդ, նա ետ բերեց ուրվականներին, ոչնչացրու՛ նրան,- հրահանգեց սիրամարգը իր անձոռնի ձայնով՝ կանգնելով պատվանդանին՝ ձյունահերի կերպարանքով:
- Պարզվում է՝ դու ավելի վտանգավոր ես, քան նրանք:
- Նաև քան Դուք,- վրդովված պատասխանեց Սաին,- եթե կա սարսափ, թո՛ղ ճաշակեն բոլորը և ոչ միայն...- միտքը կիսատ՝ նա վեր սլացավ՝ իր հետևից տանելով Քառակուսի գլխին:
- Ո՛չ,- կոչնչաց Ձյունահերը,- Աղամա՛նդ, դու պետք է ոչնչացնես նրան, այլապես եղյամի ճաքն անխուսափելի է,- հրամայեց նա, անհետացավ պատվանդանից:

Աղամանդը մի պահ նայեց նրա հետևից: Երբ նա անհետացավ, քայլեց դեպի մեքենան: Մինչ նա տեղավորվում էր, հայտնվեց Մարկոսը:

- Ձեր փառասիրությունը, դաժանությունը և ցանկասիրությունը կարծես գործում են միաժամանակ,- մոտենալով նրան՝ սկսեց նա,- Ի՞նչ կրոնի եք դավանում, Աղամա՛նդ:
- Մի՞թե պարզ չէ,- պատասխանեց նա, շոյեց երկար միրուքը,- չնայած կարծում եմ՝ կրոնը որևէ կապ չունի սատծո հետ:
- Ինչպե՞ս, որպես կրոնավոր, Դուք հակասում եք ինքներդ Ձեզ,- զարմացավ Մարկոսը:

- Չեմ հակասում, հարգելի՛ մարդասեր: Կրոնը մարդու ստեղծածն է, այն չի կարող աստվածային լինել, և մարդն ստեղծել է կրոնը իր նմանակին տանջելու, կեղեքելու, վախ ներշնչելու: Հիշեք, մի՞թե հռոմեական քրմերն աստծո անունից էին այնքան դաժան:
- Աստվածուրաց մտքեր ունեք,- մի պահ լռելուց հետո շարունակեց Մարկոսը:
- Ո՛չ, պարզապես այսօրվա մարդու ստեղծածը վաղն անպայման դառնում է անցյալի մոլորություն, կրոնն՝ առավել ևս: Պարո՛ն մարդասեր, գուցե կրկնվեմ, բայց մարդու ստեղծածը չի կարող աստվածային լինել, առավել ևս, եթե այնտեղ զնգում է ոսկին...

Մարկոսը լուռ նայեց հեռուն:

- Ինչու՞ նրանց ևս արթնացրեցիք, նորից ի՞նչ կա Ձեր մտքին:

Աղամանդը ոչինչ չպատասխանեց, միայն հպարտ կեցվածք ընդունեց՝ հայացքով հետևելով ուրվականներին, կռահելով ինչի մասին է խոսքը...

- Գուցե պրոֆեսորի՞ գաղափարն է, որում խիստ կասկածում եմ, - շարունակեց մարդասերը:
- Ինչու՞,- խայթված հարց տվեց Աղամանդը:
- Կարծում եմ՝ մի անգամ արդեն ասել եմ և կրկնում եմ, քանի որ մարդը որքան դաժան է լինում,

նույնքան և վախկոտ,- Մարկոսը, խոսքի հետ, կիսատ ժպտաց,- չե՞ք կարծում:
- Գուցե, բայց այն չի կարող ինձ վերաբերվել, նաև չէի ասի, թե այն իմ սրտով չէ: Չնայած իմ ծրագրի համեմատ չափազանց է:
- Իսկ ո՞վ, եթե ոչ Դուք,- Մարկոսը մտածկոտ նայեց սպիտակ հորիզոնին, հանկարծ ձեռքը խփեց ճակատին, բացականչեց.-Նա՞, մի՞թե նա: Կանաչ աչքը վերադարձել է, իսկ ինչու՞ այսպես,- կարծես վերադառնալով իրականություն՝ տխրեց նա:
- Ինչպե՞ս, վա՞տ սկիզբ է:
- Նրանց միայն նա կարող է կանգնեցնել,- ավելի շուտ ինքն իրեն խոսեց Մարկոսը:
- Իսկ ե՞ս,- խայթված հարցրեց Ադամանդը:
- Հաճախ հարուստները թքած ունեն սկզբի և վերջի վրա՝ անգամ աշխարհի, եթե այն այլևս շահութաբեր չէ:
- Անգամ եթե այդպես,- շեշտեց Ադամանդը,- չե՞ք գտնում՝ պետք է սանձել այդ Կանաչ աչքին:
- Ինչու՞: Որովհետև նա ստիպում է բոլորին կասկածե՞լ Ձեր առավելության մեջ, պարո՛ն Ադամանդ: Նկատի ունեցեք՝ Դուք ռոբոտ-զինվորներին պատրաստում եք քաղաքը նվաճելու համար, իսկ նա ստեղծված է Ձեր մարդատյաց գաղափարը կասեցնելու: Ահա՛ նրա և Ձեր տարբերությունը: Բնականաբար Ձեր մեջ ցանկություն է առաջանում ճզմել նրան:

- Այո՛, և ես կոչնչացնեմ այդ Աֆրիկացուն, իսկ ուրվականները կենթարկվեն ինձ՝ շարունակելով հոշոտել մարդկանց:
- Առայժմ նրանք հոշոտում են բացառապես Ձեր զինվորներին: Կարծում եմ՝ այնուհետև նաև Ձեզ և Ձեր համախոհներին,- միջամտեց Մարկոսը:
- Ո՛չ, նրանք միշտ կենթարկվեն ինձ, պարզապես պետք է կարողանալ կառավարել, իսկ իմ դեպքում կառավարել, նշանակում է իշխել և, այսպիսով, աշխարհը կլցվի ուրվականներով և ռոբոտ-զինվորներով, իսկ մի հիմարի կողմից, մի կոճակի սեղմումով կկործանվի մարդկությունը:
- Ադամա՛նդ, փառքը և ատելությունը, ինչը, իհարկե, անզորության նշան է, կուրացրել է Ձեզ: Ձեր գաղափարը գուցե սպանի, բայց այն լիարժեք հաղթանակ տանել չի կարող, քանի որ աշխարհը կանգուն է սիրո և բարության հիմքերի վրա:
- Այդ դեպքում շտապեք կանգնեցնել նրան:
- Այս դեպքում վատ չէր լինի նաև Ձեր հանդեպ կիրառել պատժամիջոց՝ որպես պատերազմասերի,- նկատեց Մարկոսը:
- Իմ հանդեպ անգամ սատանան է անզոր, ո՞վ է մարդը, ես կոչնչացնեմ իմ տիրույթում ոտնձգություն անողին:
- Դուք երբևիցէ եղե՞լ եք Եգիպտոսում:
- Այո՛,- անսպասելի հարցից զարմացավ Ադամանդը:

- Այցելե՞լ եք բուրգերը:
- Այո՛, իսկ ի՞նչ կա որ:
- Այն բուրգերում դարեր շարունակ հավերժական քնով քնած են ամենակարող եգիպտական փարավոնները:
- Հետո ի՞նչ:
- Ո՞վ եք Դուք՝ ընդդիմանալու բնության օրենքին, պարզապես Ձեր ժամն է, որը տիեզերքի համար բարեբախտաբար լոկ ակնթարթ է: Ուշքի՛ եկեք, պարո՛ն Աղամանդ, բավարարվե՛ք նրանով, ինչ ունեք:

Աղամանդը նկատելի նյարդայնացավ, ակամա ծամածվռեց նրա դեմքը, առանց պատասխան տալու՝ քայլեց դեպի մեքենան:

- Երբեմն ոտքո՛վ շրջեք, այն Ձեզ կթափեցնի,- նրա հետևից ձայն տվեց Մարկոսը:

***

Մինչ Աղամանդը և Բենը կայացրած նոր որոշումը փորձում էին կյանքի կոչել, Սաին, վերադառնալով ուրվականների հետ, նկատելի նվազեցրեց ռոբոտ-զինվորների թիվը: Քաղաքում սկսեցին վխտալ ժանիքավորները՝ առած նրանց կերպարանքները: Անհետանալով հրապարակից՝ նույն արագությամբ Սաին, Քառակուսի գլխի հետ, հայտնվեց արդեն ծանոթ երկնաքերի պատշգամբին, թակեց այն, սպասեց, ոչ ոք չբացեց: Փշրեց, ներս մտավ:

- Վիվի՛,- կանչելով անցավ սենյակից սենյակ:

Վերջին սենյակի դուռը բացեց, մնաց կանգնած դռան մեջ:

- Կանա՛չ աչք, դու վերադարձե՞լ ես,- տեսնելով պառկած տեղից ուրախացած բացականչեց գիտնականը, սկսեց լաց լինել:
- Ի՞նչ է պատահել,- մոտենալով հարցրեց Սաին,- Դուք հիվա՞նդ եք, որտե՞ղ է Վիվին,- անհամբեր միանգամից մի քանի հարց տվեց նա:
- Իմ աղջիկը վաղուց է անհետացել: Նրան տարավ Աբու-Սաիդը, իսկ ես ոչինչ անել չկարողացա:
- Աբու-Սաի՞դը,- խոսակցությանը խառնվեց ուրվականը, գիտնականը նրա տեսքից կուչ եկավ:
- Ո՞վ է նա:
- Կարծում եմ՝ խոսքից գլխի ընկաք նրա ով լինելը, իսկ ինչու՞ չդիմեցիք Աղամանդին, նա Ձեզ կօգներ:
- Ո՛չ, նա խոստացել էր պատժել ինձ քո և զինվորների անհետանալու համար, ահա՛ քանի տարի է պատժում է, և արդեն երկար ժամանակ տանից դուրս չեմ գալիս,- լացակումած շարունակեց վշտից կուչ եկած գիտնականը:
- Իսկ Ձեր ծառայությու՞նը նրան,- հարցրեց Սաին,- մի՞թե ոչինչ է...

- Է՛, որդիս, մարդը կարող է չնկատել արածդ մեծ գործը, բայց նա երբեք չի անտեսի քո ամենափոքր սխալը,- պատասխանեց նա՝ խորը հոգոց հանելով:
- Ես նրան ետ կբերեմ, մի՛ վհատվեք,- ասաց պատանին, ուրվականի հետ անհետացավ պատշգամբով:

Աբգարը հույսով նայեց նրա հետևից:

***

Սահին և Քառակուսի գլուխը հայտնվեցին Ադամանդի պատկերը կրող հրապարակի բարձունքին ամրացված դրոշի մոտ, նայեցին ներքև: Այնտեղ նրանց ուշադրությունը գրավեց դամբարանի բաց դուռը: Ներսից դուրս եկող շարքը ուրվականին ստիպեց լքել Սահին, իսկ նա աշխատեց աննկատ մնալ և թաքստոցից հետևելով՝ կարողացավ տեսնել դուրս եկողների դեմքերը: Նա շարքին հետևող Աբու-Սահիդի կողքից խլեց մի երիտասարդի, դժվարությամբ վեր սլացավ, հայտնվեց միայնակ տան բակում: Մալեն տեսնելով ընդառաջ գնաց նրան:

- Սահ՛, բարեկա՛մ,- ուրախացած բացականչեց նա:
- Ուրախ եմ քեզ տեսնել, Մալե՛, իսկ որտե՞ղ է Մարկոսը:
- Այնտեղ՝ ներսում, նա ողջ օրը քեզ է սպասել:
- Տա՛ր ինձ նրա մոտ:
- Այո՛, իհարկե, հետևի՛ր ինձ:

Սաին Վերիի հետ միասին ներս մտավ: Մեծ սրահում իսկապես թագավորում էր անսահման լույսը: Սրահի հակառակ ծայրում երևում էր հորիզոնը, որտեղից կիսով ճառագում էր արևը: Սաիին թվաց՝ արևի շողքերի միջից դուրս եկավ Մարկոսը: Նա գլխաբաց էր, շագանակագույն գանգուրները թափված ուսերին, իսկ բարձր ճակատը վեհություն էր հաղորդում դեմքին, և այդ գեղեցիկ դեմքին դրոշմված էր մտահոգությունը: Տեսնելով հյուրին՝ նրա դեմքը նկատելի պայծառացավ:

- Կանա՛չ աչք, որքա՜ն երկար ենք սպասել քո վերադարձին,- բացականչեց նա, գրկեց նրան:
- Մի՞թե շատ երկար եմ անհետացել,- զարմացավ Սաին,- ինձ թվում է ընդամենը մի քանի օր:
- Օ՜, ոչ, բարեկամ, դու այնտեղ կորցրել ես ժամանակի զգացողությունը և, ահա՛, վերադարձել ես արդեն երիտասարդ:

Սաին զարմացած նայեց բոլորին, ապա եղբորը:

- Իսկապես, իմ եղբայրն արդեն հասուն տղամարդու է նման:
- Եղբա՞յրդ է:
- Այո՛, Վերին է: Ես նրան պատահական տեսա, երբ բոլորին շարում էին հրապարակում: Այնտեղից խլեցի, բայց մեծ դժվարությամբ այստեղ բերեցի:
- Նա քեզ ճանաչե՞ց:

- Ո՛չ, բայց Դուք անցած անգամ ասացիք, այն ժամանակավոր է, այնպես չէ՞,- անհանգստացած հարցրեց Սաին:
- Այո՛, պարզապես ժամանակ է հարկավոր: Նրա բախտը բերել է՝ կամավոր է, այլապես կարժանանար այն հազարավոր դժբախտների ճակատագրերին,- նկատեց Մարկոսը:

Սաին լուռ նայում էր եղբորը, նրա հայացքը լի էր կարոտով ու կարեկցանքով:

- Մալե՛,- ձայն տվեց Մարկոսը:
- Այո՛, հրամանատա՛ր:
- Տա՛ր նրան ներս և թո՛ղ քնի այնքան, մինչև ինքնուրույն արթնանալը:
- Այո՛, հրամանատա՛ր,- պատասխանեց երիտասարդը, Վերիի թևից բռնած՝ տարավ ներս:
- Ասա՛, Կանա՛չ աչք, ինչու՞ արթնացրեցիր նրանց՝ այդ ուրվականներին, մի՞թե Աղամանդի բանակը քիչ էր:
- Ես այնտեղից վերադառնալու այլընտրանք չունեի, իսկ երկրորդը՝ նրանք ոչնչացնում են նրանց:
- Իսկ հետո նաև բոլորին,- նկատեց Մարկոսը,- դադարեցրու՛ այս սողոմը, եթե, իհարկե, շատ ուշ չէ,- նկատելի վրդովվեց նա:
- Բայց նրանք վերացնում են միայն ռոբոտ-զինվորներին,- նորից պնդեց Սային:
- Այնուհետև դառնում վտանգավոր, զուցե և անկառավարելի,- նկատեց Մարկոսը:

Սաին, գլխահակ ու հիասթափված, լքեց միայնակ տունը՝ այնտեղ թողնելով եղբորը: Վերադառնալիս նա տեսավ՝ ուրվականներն ամենուր են. նրանք, լափելով ոռբոտ-զինվորներին, վերստանում էին նրանց կերպարանքները՝ տարբերվելով միայն երկու մեծ ժանիքներով, հրամանը կատարած համարելով՝ անկախ վխտում ամենուր՝ արդեն արյան համն առած, իսկ ոռբոտ-զինվորների նոսրացող շարքերն Աղամանդը լրացնում էր դամբարանից անվերջ դուրս եկող նորերով:

Բարձրացավ ուժգին քամի: Քամու հետ Սաին հայտնվեց անսահման գերեզմանատան սալ քարին:

- Քառակուսի՛ գլուխ,- կանչեց նա:

Հայտնվեց ուրվականը:

- Այո՛, հրամանատա՛ր:
- Ուրվականները վերադառնում են իրենց աշխարհ:
- Ո՛չ, Կանաչ աչք, մենք վերադարձել ենք մեր աշխարհ, որտեղից վտարել էին մեզ: Ես դեռ չեմ կատարել առաջին հրամանը:
- Մի՛ կատարիր այդ հրամանը, վերադարձի՛ր քո աշխարհ...
- Ո՛չ, Կանա՛չ աչք, այսուհետ ամենուր մենք ենք՝ թե՛ ստվեր, թե՛ մարդ,- պատասխանեց Քառակուսի գլուխը, սլացավ դեպի քաղաք կրկնելով,- ես դեռ չեմ կատարել առաջին հրամանը:

- Նա փնտրում է իր մարմինը,- ափսոսանքով շշնջաց Սաին,- ես կուղղեմ իմ սխալը:

Ամենուր սուրում էր քամին, նրա հետ վեր էին բարձրանում ուրվականներն, անհետանում տարբեր հեռավորություններում... Հեռվից լսվեց հերթական ուժգին պայթյունը: Սաին սլացավ այն կողմ՝ այրվում էր հսկա շենքը, որի դուռ-լուսամուտից փախչում էինահաբեկված մարդիկ: Շատերը տապալվում էին փողոցում և երկար մնում հոգեվարքի մեջ, իսկ ռոբոտ-զինվորները որսում էին ողջ մնացածներին: Սաին կանգնեց ծխի մեջ կորած շենքի տանիքին

- Քառակուսի՛ զլուխ,- ամբողջ ուժով կանչեց նա:
- Այո՛, հրամանատա՛ր,- հայտնվեց ուրվականը:
- Այնտե՛ղ՝ ներքևում, ռոբոտ-զինվորներն են, նայի՛ր այն կողմ,- ցույց տվեց Սաին:

Ուրվականը, տեսնելով նրանց, սլացավ ցած, սկսվեց կատաղի մարտը, որից օգտվելով՝ մարդիկ սկսեցին փախչել: Սաին ժպտաց. «Նրանք ակամա օգնեցին մարդկանց»:

***

Սպիտակ աշխարհը ընդլայնվում էր ժամ առ ժամ: Փոքրացող հին աշխարհի բնակիչներին մնում էր փակվել տներում, լավագույն դեպքում՝ լքել քաղաքը:

- Մարկո՛ս, ես անզոր եմ, նրանք, լափելով ռոբոտ-զինվորների արյունը, դառնում են անկառավարելի,- հայտնեց Սաին՝ վերադառնալով միայնակ տունը:

Մարկոսը մնաց թևաթափ կանգնած:

- Պարզվում է՝ նրանք ավելի սարսափելի են, քան այդ ռոբոտ-զինվորները: Պետք է նրանց կանխել, այլապես ...

Մարկոսը Սաիի հետ ուղվեց դեպի քաղաքը, իսկ այնտեղ ուրվականներն ամենուր էին: Նրանց մի մասը, դեռ անմարդկային կերպարանքով, հետևում էր ռոբոտ-զինվորներին, իսկ արդեն ժանիքավորները խժռում էին անշունչ ռոբոտ-զինվորների մարմինները, և նրանցից մնում էր միայն սղոց-ձեռքը՝ անպետք մարսողության համար:

- Իսկապես, բացի անկառավարելի լինելուց, նաև սարսափելի են,- նկատեց Մարկոսն՝ արագացնելով քայլերը:

Ժանիքավորներն ուղղվեցին նրանց կողմը: Սաին նրան առավ, վեր սլացավ: Թռչող ուրվականներն անտարբեր մնացին նրանց նկատմամբ, իսկ ժանիքավորներն ախորժելի հայացքով սկսեցին հետևել ներքևից:

- Աբգա՛ր, որտե՞ղ ես,- ներս մտնելով ձայն տվեց Մարկոսը:

- Այստե՛ղ,- ննջարանից դուրս եկավ գունատ ու հյուծված գիտնականը:
- Մենք պետք է լաբորատորիա գնանք, փորձանքն ավելի մեծ է, քան կարելի է այն պատկերացնել,- բացատրեց նա:
- Այո՛, իհարկե,- առանց առարկության՝ համաձայնեց գիտնականը:

Նրանք երեքով վերելակով հայտնվեցին լաբորատորիայում: Աբգարը լուսամուտից դուրս նայեց: Փողոցում նույն պատկերն էր: Ուրվականները հարձակվում էին ռոբոտ-զինվորների վրա, իսկ նրանք ընդամենը դիմում էին ինքնապաշտպանության՝ օգտագործելով սղոց-ձեռքը, սակայն մասնիկների բաժանվելուց որոշ ժամանակ անց ուրվականները նորից հավաքվում էին, դառնում առաջվանը և ավելի կատաղած նոր զոհ փնտրում...

- Թվում է՝ նրանք իրար մեջ, իրար են փնտրում,- նկատեց Աբգարը:
- Գուցե այդպես էլ կա, որքան էլ տեսարանը սարսափելի լինի,- շեշտեց Մարկոսը,-այդ դժբախտները ժամանակի զոհն են:
- Ինչու՞ նրանք դադարեցին ենթարկվել,- մոտենալով լուսամուտին՝ մտահոգված հարցրեց Սաին:
- Մի՞թե պարզ չէ: Նրանք երկար ժամանակ մութ զնդանում են եղել, դուրս պրծնելով այնտեղից՝ փորձում են վերադառնալ իրենց մարմինների մեջ

և դեռ երկար ժամանակ վրեժխնդիր կլինեն մարդկությունից: Իհարկե, չվնասելով մեծ մեղավորին,- բացատրեց Աբգարը:

- Այո՛, Քառակուսի գլուխը չխոստացավ մինչև վերջ ենթարկվել ինձ, իսկ երբ հանձն առավ կատարել իմ առաջին հրամանը, ես հույս ունեի՝ կկարողանամ կառավարել նրան՝ ենթարկելով ինձ, բայց...- Սաին ափսոսանքով լռեց:
- Մտածելու տեղիք է տալիս,- մտահոգված ասաց Մարկոսը, նայեց երևացող ուղղաթիռների կողմը, որոնց ճոճասանդուղքներից կախված ցած էին թափվում զինվորները:

Լսվող տնական կրակահերթին հետևեց ուժգին պայթյունը: Տիրեց լռություն: Նրանք լուսամուտից ետ քաշվեցին: Միայն հիմա Մարկոսը զարմացած նայեց շուրջը:

- Ինչու՞ է այստեղ այսպես լքված, իսկ որտե՞ղ է աշխատում Բենը:
- Վեցանկյունում, նա այնտեղ է տեղափոխվել այն օրից, երբ Ադամանդը փորձեց իշխել նրան:
- Մի՞թե այդպես չէ և առ այսօր, չէ՞ որ նա աշխատում է նրա թելադրանքով և շարունակում է,- նկատեց Մարկոսը:
- Ո՞վ գիտե, գուցե այդ ամենին ետին միտք է հետապնդում: Մարդուն ճանաչելը բարդ գիտություն է, քան թվում է,- խորը հոգոց հանելով՝ ուսերը վեր քաշեց գիտնականը:

Սայլին լուռ բարձրացավ, պառկեց սեղանին: Մարկոսն ու Աբգարը զգացված իրար նայեցին: Գիտնականի ներարկումից հետո նրա աչքերն ավելի փայլեցին՝ վառվող փարոսի պես: Նա հայտնվեց պատշգամբի զոզին: «Ես կվերադարձնեմ նրան»,- եղավ առաջին միտքն արթնանալուց հետո, դուրս թռավ:

- Որքան էլ ներարկենք նրան այդ գերմարդկային սինդրոմը, միևնույն է նա սիրտ ունի,- նկատեց Մարկոսը՝ նայելով նրա հետևից:
- Այո՜,- ուրախացավ գիտնականը՝ հույսով լի հայացքով ուղեկցելով նրան, մինչև նա անհետացավ շենքերի արանքում:

***

Փչող քամու հետ Սաին հայտնվեց հրապարակում: Բաց դռնից դեռ շարունակվում էր ռոբոտ-զինվորների ելքը դեպի քաղաք:

- Աբու-Սաի՜դ,- ձայն տվեց նա՝ ներս մտնելով դամբարան:

Արձագանք չեղավ: Սաին հայտնվեց լուսավոր սրահում, նայեց շուրջը, դարձյալ ոչ ոք չերևաց: Սրահի հեռավոր անկյունում փակ դուռ նկատեց, մոտեցավ, նայեց կողպեքին, աչքերից արձակված շանթը դուռը պոկեց, այն վայր ընկավ:

- Ո՛չ,- երբ Սաին ուզեց ներս մտնել, նրա ճամփան կտրեց Աբու-Սաիդը:

Սաին նայեց նրա աչքերին:

- Դարձյալ ո՛չ,- դեմքը երկու ձեռքով բռնելով՝ գոռաց ռոբոտ-զինվորը, գլորվեց ցած:

Սաին նրա վրայով անցավ առաջ:

- Ո՞վ կա այստեղ,- ձայն տվեց նա:

Բացվեց ներսի փակ դուռը, երևաց Վիվին: Սաին մնաց տեղում քարացած՝ տեսնելով աղջկան՝ փոքրիկ տղայի հետ: Վիվին մոտեցավ նրան:

- Սաի՛, վերջապես վերադարձար,- կիսաձայն շշնջաց նա՝ շոյելով նրա զանգուրները:

Սաին ետ քաշվեց: Վիվին ժպտաց, նայեց փոքրիկին:

- Նա Սաին է:

Սաիի կանաչ աչքերը այլ կերպ փայլեցին, նա ուշադիր նայեց երեխային:

- Ո՞վ է նա:
- Նա ինձ հետ է այն օրից, երբ Աբու-Սաիդը սպանեց նրա ծնողներին, ես նրան հարազատի պես եմ սիրում:

Սաին ժպտաց, մոտեցավ գրկեց տղային:

- Նրա աչքերը ևս կանաչ են, միայն թե սպիտակ մաշկ ունի,- ոգևորված ասաց Սաին՝ շոյելով փոքրիկի զանգուրները:
- Ինչպե՞ս ես անվանում նրան:
- Միկի,- ուրախացած պատասխանեց Վիվին:
- Աբու-Սաի՞դն է քեզ այստեղ պահում:
- Այո՛, նա ինձ պատանդ է պահում Աղամանդի հրամանով՝ նման կերպ պատժելով հայրիկին:
- Պարզ է, հայրդ քեզ է սպասում, գնացի՛նք,- ասաց Սաին, գիրկն առավ աղջկան, դուրս սլացավ՝ իր հետ տանելով նաև տղային:

***

Վեղարն ու Աբգարը դեռ լաբորատորիայում էին, երբ վերադարձավ Սաին՝ Վիվիի և Միկիի հետ:

- Աղջի՛կս, Վիվի՛,- հուզված բացականչեց գիտնականը, գրկեց նրան, ապա, կարծես ուշքի գալով, նայեց տղաին:- Ո՞վ է փոքրիկը, որտեղի՞ց եք գտել նրան:
- Նա վաղուց է ինձ հետ, ես հարազատի պես եմ սիրում նրան, նա ինձանից բացի ոչ ոք չունի,- պատասխանեց աղջիկը՝ գիրկն առավ տղային:
- Այո, աղջիկս, իհարկե,- ուրախացած համաձայնեց Աբգարը,- մենք կսիրենք նրան հարազատի պես:
- Աբգա՛ր, Ձեր աղջիկը բարի սիրտ ունի,- նկատեց Մարկոսը, որ մինչ այդ լուռ հետևում էր նրանց:

- Շնորհակալ եմ,- պատասխանեց գիտնականը:
- Սաի՛, ես պետք է վերադառնամ,- ասաց Մարկոսը՝ թոթովելով ուսերը,- ի՞նչ արած:

Բոլորը միայն ժպտացին: Մարկոսն ուղղվեց դեպի դուռը, Սաին հետևեց նրան, իսկ Աբզարն ու Վիվին մտան վերելակը:

Երբ Մարկոսն ու Սաին հայտնվեցին փողոցում, անսպասելի փչեց ուժգին քամի, սակայն ոչ ոք չերևաց...

- Սաի՛,- նրանք նայեցին վեր. Աբզարը կախվել էր պատշգամբից,- օգնի՛ր, նա տարավ իմ աղջկան:

Սաին մնաց շվարած կանգնած: Այդ պահին երևացին զինվորները՝ Մալեի գլխավորությամբ, Մարկոսին առան իրենց մեջ: Սաին հայտնվեց մոտակա կրպակի տանիքին: Քամին ավելի սաստկացավ: Քամու հետ սկսեցին օդում պարել ավազախառը տերևները: Աբու-Սաիդն, աղջկան և փոքրիկին առնանգած, սլանում էր փողոցներով: Զինվորների երկար կրակոցներից վերջապես նա գլորվեց ցած: Վիվին փոքրիկի հետ դուրս պրծավ նրա աքցանանման ճանկերից, սկսեց փախչել: Ռոբոտ-զինվորը նորից ոտքի կանգնեց, թեքվեց աղջկա կողմը, հետևեց նրան: Աղջիկը շնչակտուր նետվեց մոտակա շենքի վերելակը, շտապելուց սեղմեց միանգամից մի քանի կոճակներ: Այն տեղի չտվեց: Նա սկսեց բարձրաձայն լաց լինել՝ շարունակելով սեղմել կոճակները: Դուռը փակվեց այն պահին, երբ Աբու-Սաիդը հայտնվեց վերելակում: Վիվին Միկիին սեղմեց կրծքին, կուչ եկավ անկյունում: Ռոբոտ-զինվորը մոտեցավ, բարձրացրեց նրան, սկսեց շոյել նրա երկար, խռնված մազերը:

- Ո՛չ, թո՛ղ ինձ,- բղավեց աղջիկը՝ ետ հրելով նրան:
- Դու իմն ես, քեզ չե՛մ տա նրան,- վանկարկեց Աբու-Սաիդը՝ նրան ավելի ամուր սեղմելով իրեն:

Տղան սկսեց լաց լինել:

- Ես նրան դուրս կշպրտեմ,- ասաց նա, Վիվիի գրկից մեկ ձեռքով վերցրեց փոքրիկին:
- Ո՛չ,- կառչած Միկիից, մղկտաց Վիվին՝ միաժամանակ սեղմելով վերելակի կոճակները:

Վերջապես այն կանգ առավ: Ռոբոտ-զինվորը դուրս եկավ նրանց գրկած: Վիվին գիտակցությունը կորցրեց, երբ Աբու-Սաիդը ներս մտավ պատահական բաց դռնից և լուսամուտից դուրս նետեց փոքրիկին: Վերադարձավ, նրան բարձրացրեց հատակից, ուղղվեց դեպի դուրս:

- Ահա՛ և նորից հանդիպեցինք, Աբու-Սաի՛դ,- տղային գրկած՝ նրան ընդառաջ ելավ Սաին:

Ռոբոտ-զինվորը նահանջեց՝ ավելի ամուր գրկելով ուշագնաց աղջկան:

- Բա՛ց թող նրան,- հրամայեց Սաին:

Նրա աչքերը վառվեցին:

- Նա վաղուց իմն էր, դու հայտնվեցիր, տարար նրան ինձանից:
- Բա՛ց թող նրան, այլապես քո գլուխն էլ կծխա այն մոխրակույտերից մեկում,- կրկնեց Սաին, նրա աչքերից արձակված շանթն անցավ Աբու-Սաիդի ոտքերով, սկսեց ծուխ բարձրանալ:
- Ո՛չ, դու կմոխրացնես ինձ,- բղավեց նա՝ աղջկան ավելի ամուր սեղմելով իրեն:
- Բա՛ց թող նրան և դու չես մոխրանա:

Ռոբոտ-զինվորը Վիվիին նետեց հատակին: Հայտնվեցին ուրվականները, Սաին նետվեց դեպի աղջիկը: Աբու-Սաիդը դուրս հանեց սղոցանման ձեռքը, երբ ուրվականներն ուղղվեցին նրա կողմը: Այդ պահին ներխուժեցին Մարկոսի զինվորները, սկսեցին կրակել, նրանք ցրիվ եկան, Սաին փորձեց դուրս թռչել Վիվիի և փոքրիկի հետ, բայց Աբու-Սաիդը երկարացրեց ձեռքը, կմախք մատներով կարողացավ նորից ետ ճանկել աղջկան: Ցավից նա ուշքի եկավ, սկսեց ճչալ: Ուրվականներից մեկը հարձակվեց առաջին ռոբոտ-զինվորի վրա, սկսեց խմել նրա արյունը: Երբ նա դմփոցով վայր ընկավ, մյուսները հարձակվեցին խժռելու, իսկ արյուն լափածը վերստացավ ռոբոտ-զինվորի արտաքինը:

- Ահա՛, թե ինչ,- բացականչեց Սաին, առավ աղջկան և փոքրիկին, դուրս սուրաց պատշգամբից,- նրանք հոշոտում են միմյանց:

***

Աղամանդի մեքենան կանգ առավ վեցանկյուն շենքի դիմաց: Նա շտապ մտավ ներս: Բենը, տեսնելով նրա դժգոհած դեմքը, ոտքի կանգնեց:

- Որևէ խնդի՞ր կա:
- Այո՛, հազիվ կարողացա ազատվել ուրվականների հետապնդումից...
- Ի՞նչ ուրվականներ, ինչի՞ մասին է խոսքը,- անհանգստացավ պրոֆեսորը, միաժամանակ դուրս նայեց լուսամուտից:
- Ինկապե՞ս տեղյակ չեք, հայտնվել է Կանաչ աչքը, նրա հետ նաև անթիվ ուրվականներ...
- Այո,- ծոր տվեց Բենը,- կատարվել է անուղղելին: Այսուհետ դժվար կլինի նրանց ենթարկել որևէ կանոնի, եթե արդեն մարդկային կերպարանք են առել:
- Չե՞ք կարծում՝ պետք է որևէ միջոց ձեռք առնել, այլապես ամեն ինչ հավասարվում է զրոյի:
- Եթե վերադարձել է Կանաչ աչքը՝ արթնացնելով ուրվականներին, արդեն զրո է,- նկատեց պրոֆեսորը:
- Պետք է նրան վերացնել,- հոխորտաց Աղամանդը:
- Հարգելի՛ Աղամանդ, հիշե՛ք Ձեր փիլիսոփայությունը՝ այս պատերազմում չեն լինի ո՛չ հաղթողներ և ո՛չ էլ պարտվողներ: Ահա՛,

վայելե՛ք,- ձեռքով դեպի դուրսը ցույց տալով՝ պատասխանեց պրոֆեսորը:

- Այնքան էլ չեմ դժգոհում իրավիճակից, եթե կարողանանք արանքից հանել այդ Կանաչ աչքին:
- Իսկապես, պատահական ոչինչ չի լինում, անգամ ներարկումը, մոռացե՞լ եք,-սկսեց Բենը,- գուցե այդ Կանաչ աչքը հենց նա է, ով եկել է հաղթելու մեզ:
- Ո՛չ, ես դա թույլ չեմ տա: Այդ դեպքում Դուք պետք է ծրագիրը փոխեք այնպես, որպեսզի ինքս կարողանամ կառավարել բանակին, այլապես...- Աղամաղը բազմանշանակ նայեց պրոֆեսորին:

Պրոֆեսորը լածից զգաստացավ:

- Չեմ կարծում՝ այն Ձեզ կհաջողվի:
- Ինչու՞...
- Դուք փորձում եք նման կերպ մյուսներին խաղից դուրս թողնել, ինչպես դա արեցիք խեղճ գիտնականի հետ: Եթե անգամ նրանք չեն ենթարկվում Ձեզ, դժբախտություն չէ:
- Պրոֆեսո՛ր, այս ամենն ինձ է պատկանում, մի՛ մոռացեք: Անգամ Ձեր այս ճոխ առանձնատունը:
- Ներեցե՛ք, Աղամա՛ղդ, եթե մի փոքրիկ ուղղում մտցնեմ՝ այն ես բացառապես վաստակել եմ, իսկ Ձեր նմանները երբեք չեն խաղաղվում, որքան էլ ոսկյա ըմպանից գինին ըմբոշխնեն:
- Մի՞թե,- հեգնեց Աղամանդը՝ չարացած պրոֆեսորի առարկությունից, շարունակեց նույն տոնով,- ինչ խաղաղվելու մասին է խոսքը, երբ անկառավարելի

մի ողջ բանակ է հայտնվել իմ դեմ: Ի՞նչ ոսկյա ըմպան, երբ արդեն քանի տարի է Դուք Ձեր գիտությամբ չեք կարողանում հաղթել մի սնամորթի:

- Կարծում եմ, եթե անգամ այդ երիտասարդը սպիտակամորթ լիներ, նույնպես ոչինչ չէր փոխվի:

Աղամանդը զարմացած նայեց նրան:

- Այո՛, այո՛, պետք չէ զարմանալ: Պետք է նկատել՝ ուժով ստեղծված բանակը չի կարող հոգով կռվել:
- Իսկ այն կամավորնե՞րը:
- Փողով կռվողը՝ առավել ևս:
- Ոչինչ չեմ հասկանում,- Աղամանդը վրդովված ոտքի կանգնեց:

Դրսից լսվող բարձր աղմուկը մոտեցավ դռանը: Նրանք նայեցին այն կողմ: Աղամանդն ակամա մի քանի քայլ նահանջեց՝ մոտենալով Բենին, երբ աղմուկն ավելի մոտեցավ դռանը:

- Դուք նկատեցի՞ք՝ նրանց համար փակ դուռ գոյություն չունի:

Ներս մտան Աբգարն ու Մարկոսը:

- Ինչպիսի՜ հյուրեր,- բացականչեց Աղամանդը՝ փորձելով թաքցնել քիչ առաջ ապրած սարսափը:
- Զարհուրա՞ծ եք,- նկատեց Մարկոսը՝ դիմելով Աղամանդին:

Աղամանդը հայտնվեց անհարմար դրության մեջ:

- Դուք նկատե՞լ եք՝ Ձեր ծրագիրը մահ է սփռում ամենուր,- շարունակեց Մարկոսը:
- Թանկագի՛ն մարդասեր, մի՞թե մեր ծրագիրն այլ նպատակ էր հետապնդում: Հիշե՛ք գեթ մեկ հաղթանակ, որը մահ, ավելի ստույգ զոհ չպահանջեր: Իհարկե, ոչ սպորտային, որն իր ժամանակին ևս զոհ է պահանջել՝ որպես գլադիատորների գեղեցիկ մենամարտ, և չգիտես ինչու, այդ գեղեցիկ ավանդույթը վերափոխել են օլիմպիական խաղերով: Պարզվում է՝ բոլոր ժամանակներում էլ կան մարդասերներ,- միտքն ավարտելիս՝ հեգնեց Աղամանդը:
- Հեգնու՞մ եք, սակայն բարեբախտաբար աշխարհի հիմքը բարին է, որքան էլ Դուք մխիթարվեք վրիժառու Կայենով: Կարո՞ղ եք պատկերացնել այն սարսափելի հետևանքը, եթե բոլոր հնարավորություն ունեցողները մտածեին Ձեզ պես, առավել ևս գործեին...
- Եվ ի՞նչ,- հետաքրքրվեց Աղամանդը:
- Մարդկությունը, ավելի ստույգ անպաշտպան ազգերը մշտապես ցեղասպանությունների կենթակվեին...
- Հարգելի՛ մարդասեր, կենդանական աշխարհում թույլին չեն խղճում, այլ խժռում են ուժեղները՝ շրջապատը մաքրելու բնազդով, և միայն մարդն է, որ փորձում է գնալ բնության այդ չգրված օրենքին հակառակ..., իսկ իրականում մարդն ամեն ինչ

անում է իր նմանակին կեղեքելու և ճզմելու, ինչու՞ չօգտվել դրանից...

- Եվ այդ ամենն արվում է մի փոքրիկ տոպրականման օրգանի պատվերով: Այն անհագ է, այն երբեք չի կշտանում, առավել ևս չի լցվում,- Աղամանդի միտքը շարունակեց Բենը:
- Հետաքրքիր է, ո՞րն է այդ անկուշտ երախը,- հետաքրքրվեց Մարկոսը,- գուցե բերա՞նը...
- Ո՜չ, բերանը կատարում է նրա պատվերը, ստամոքսն է,- պատասխանեց Բենը:
- Այդ դեպքում, պրոֆեսո՛ր, փոխեք Ձեր ծրագիրը, այլապես քաղաքը շուտով կվերածվի ուրվականների մեգապոլիսի և անգամ Դուք՝ Ձեր անհագ ստամոքսով, կսարսափեք Ձեր գերգիտությունից,- շարունակեց Մարկոսը՝ կշտամբելով նրան:
- Ինչպես դա արեց Աբգա՞րը,- հեգնեց Աղամանդը՝ ուղիղ նայելով գիտնականին:
- Հեգնելու ժամանակը չէ, կհեգնեք այն ժամանակ, երբ ես սխալված լինեմ, և տա Աստված, այդպես լինի,- միջամտեց Մարկոսը:

Նորից միջանցքից աղմուկ լսվեց: Բոլորը նայեցին դռան կողմը, միայն Աղամանդն ակամա մեկ քայլ ետ գնաց: Մարկոսը նկատելով քմծիծաղեց: Հայտնվեց Սաին՝ Վիվիի և փոքրիկ Միկիի հետ: Տեսնելով Աբգարի դեմքն ակամա պայծառացավ:

- Աղջի՜կս,- շշնջաց նա:

- Ինչպե՞ս, որտեղի՞ց գտար նրանց,- իրեն կորցրած՝ բղավեց Աղամանդը:
- Պարզվում է՝ նաև Կանաչ աչքի համար փակ դուռ գոյություն չունի,- նկատեց Բենը,- պետք չէ նաև մոռանալ, թե ո՞վ է արթնացրել ուրվականներին,- շարունակեց պրոֆեսորը,- այնպես չէ՞, Կանա՛չ աչք:
- Բայց և այնպես նրանք Ձեր իրագործվող ծրագրի հետևանքն են, Դուք կարող եք կառավարել նաև նրանց, անկախ այն բանից, թե ով է արթնացրել,- միջամտեց գիտնականը:

Պրոֆեսորը շրթունքը կծեց, որը չվրիպեց մյուսների ուշադրությունից:

- Գիտնակա՛ն, այդ կերպ վրեժխնդի՞ր եք լինում Ձեր դստեր համար,- հարց տվեց Աղամանդը չարախնդալով:
- Ո՛չ, պարզապես կա ճշմարտության տեսակ, այդ տեսակը նման է վրեժխնդրության,- պատասխանեց գիտնականը՝ ավելի մոտենալով Վիվիին, որը հոգնությունից հազիվ էր մնում ոտքի վրա կանգնած...

***

Սային սլանում էր փողոցներով: Համարյա ամենուր ուրվականներն էին՝ ռոբոտ-զինվորների կերպարանքներով: Այլևս Աղամանդի բանակը քաղաքի համար դադարել էր մեծ չարիքը համարվել: Սաին կանգնեց երկնաքերի վրա, նայեց սպիտակ քաղաքին: Նրա կողքին հայտնվեց Քառակուսի գլուխը: Սաին մնաց անտարբեր՝ շարունակելով դիտել հեռուն:

- Հրամանատա՛ր, ես փնտրում եմ իմ մարմինը:
- Ինչու՞ չեք վերադառնում Ձեր աշխարհ,- առանց նրա կողմը նայելու՝ հարցրեց Սաին:
- Մենք ուրվականներ ենք՝ մեր աշխարհն ամենուր է:

Ներքևից աղմուկ լսվեց: Նրանք նայեցին ցած:

- Ահա՛, նրանք: Նրանց մեջ կգտնեմ ինձ,- տեսնելով ուրվականներից փախչող ռոբոտ-զինվորներին՝ գոչեց Քառակուսի գլուխը, եթերային քայլերով ուղղվեց նրանց կողմը:

Նրանք հայտնվեցին հրապարակում, ուր մշուշի միջից նշմարվում էր եղյամյա շերտը՝ սառնություն սփռելով շուրջ բոլորը: Սաին, նկատելով փախչողների մեջ Աբու-Սաիդին, շտապեց նրա կողմը, բայց մնաց դրոշի մոտ կանգնած, երբ նորից լսվեց Քառակուսի գլխի ձայնը.

- Ո՛չ:

Բոլոր ուրվականները ետ քաշվեցին ռոբոտ-զինվորներից: Նա առաջ սլացավ:

- Նա ես եմ,- վանկարկեց, մոտեցավ Աբու-Սաիդին:

Մյուս ուրվականները հարձակվեցին մնացած խմբի վրա: Աբու-Սամիրը սարսափահար սեղմվեց պատին: Ուրվականը եթերային քայլերով կախվեց նրա վրա:

- Դու ես եմ,- կրկնեց նա:
- Ո՛չ, դու չես կարող հաղթել ինձ, դու անզո ես, հեռացի՛ր քո աշխարհ,- բղավեց ոոբոտ-զինվորը՝ թափահարելով սոոցը: Այն կտրեց ուրվականի գլուխը, և մինչ մարմինը փնտրում էր սեփական գլուխը, Սամիրը, շուրջը նայելով, սկսեց գոռալ.
- Օգնեցե՛ք:

Աղամանդը ցած նայեց պատշգամբից

- Խոսի՛ր, Աբու-Սամի՛ր, ի՞նչ է պատահել:
- Օգնի՛ր ,Աղամա՛նդ, օգնելու քո հերթն է: Նա հետապնդում է ինձ:

Աղամանդը հապաղեց՝ դանդաղ շոյեց միրուքը: «Նրանցից ո՞ր մեկը կարող է ավելի վտանգավոր լինել ինձ համար»,- սկսեց խոսել ինքն իր հետ, միաժամանակ պատասխանեց.

- Իհարկե, Քառակուսի գլուխը: Իսկ ո՞վ է ավելի հզոր,- շարունակեց նա,- դարձյալ Քառակուսի գլուխը:

Նայեց ցած, նորից շոյեց միրուքը:

- Դժվար է ընտրել՝ ու՞ժը, թե՞ հավատարմությունը: Թո՛ղ հաղթի ուժեղը,- վճռեց նա, մնաց անտարբեր դիտորդի դերում:

Ուրվականը տեղը դրեց սեփական գլուխը, ուղղվեց դեպի ռոբոտ-զինվորը՝ կրկնելով.

- Նա ես եմ:

Աբու-Սաիդը հուսահատ թափահարում էր սղոցը՝ հաճախ նայելով դեպի պատշգամբ: Սղոցն ամեն անգամ ուրվականին բաժանում էր մասերի, բայց նա նորից վերստանում էր իր ամբողջականությունը: Քառակուսի գլուխը ձեռքը երկարացրեց, նրա երկաթյա ճանկերը սեղմեցին Աբու-Սաիդի կոկորդը: Նա կռացավ նրա վրա, սկսեց խմել արյունը: Ռոբոտ-զինվորն անշնչացած տապալվեց գետնին: Ուրվականը ստացավ Սաիդի կերպարանքը, այնուհետ երևացին նրա ժանիքները: Ուրվականից մնացին միայն դեմքի սպիները:

- Հա՛, հա՛, հա՛,- բարձր քրքջաց նա, նայեց անշնչացած Աբու-Սաիդին, ապա նայեց վեր, անհետացավ հրապարակից:
- Նա ավելի սարսափելի է, մի՞թե ես սխալվեցի,- ափսոսանքով արտաբերեց Ադամանդը, ետ քաշվեց սարսափած՝ Աբու-Սաիդի նոր կերպարից:

Սաին նայեց քաղաքին՝ արվարձաններում եդյամն այլևս տեղ-տեղ չէր: Նա հուսահատ սլացավ դեպի միայնակ տունը:

***

Կանաչ աչքը հայտնվեց միայնակ տան բակում: Այն մի տեսակ լքված էր ու ցուրտ: Մոտեցավ այգուն՝ փակ էր: Թակեց գլխավոր դուռը: Երևաց Մալեն:

- Բարևկա՛մ, դու՞ ես,- ուրախացավ նա:
- Իսկ որտե՞ղ է Մարկոսը- անհամբեր հարցրեց Սաին՝ շարունակելով հայացքով փնտրել:
- Այնտե՛ղ,- ձեռքով դեպի ներսը ցույց տվեց Մալեն:
- Կարո՞ղ եմ նրան տեսնել:
- Նա՝ ինքը դուրս կգա, սպասի՛ր:

Սաին ավելի անհանգստացավ: Երևաց Մարկոսը: Նա տխուր էր: Սաին ուշադիր նայեց նրան. նրա զանգուրների մեջ արդեն նկատվում էին ճերմակները:

- Ինչու՞ ես նրան դռանը սպասեցնում,- տեսնելով հյուրին՝ դիմեց Մալեին, ապա Սաիին,- նե՛րս արի, Կանա՛չ աչք:

Մալեն դռնից մի կողմ քաշվեց: Սաին ներս մտավ, մնաց զարմացած:

- Իսկ ինչու՞ է այսպես,- հարցրեց նա՝ շուրջը նայելով:
- Ի՞նչը քեզ զարմացրեց:
- Չկա առաջվա լույսը, չկա այն հորիզոնի արևը: Ու՞ր է կորել, ինչու՞ է սրահը մթնել:

Մարկոսը խորը հոգոց հանեց.

- Սիրելի՛ Կանաչ աչք, լույսի պակասելը նշանակում է՝ մենք տանուլ ենք տալիս:

- Այսինքն՝ ինչպե՞ս,- Սաին լսածից մնաց թնաթափ կանգնած:
- Այսինքն՝ մեր մարդասիրական ծրագիրը ձախողվում է:
- Մի՞թե ելք չկա, Դուք ինձ ուղղություն ցույց տվեք, ես կպայքարեմ Ադամանդի դեմ: Կարծում եմ, եթե չպայքարենք, ապա մեր հանդուրժողականությունը կդառնա սովորության պես մի բան, կսկսենք նույնիսկ ենթարկվել նրան:

Երկար լռելուց հետո, Մարկոսը շարունակեց.

- Այո՛, դու ճիշտ ես, ցավոք, մարդը ավելի արագ է հարմարվում վատին: Մենք՝ մարդասերներս, կարծես վեր ենքածվում լոկ գաղափարակիրների, իսկ գիշեր ու զոր գործում են մարդատյացները...
- Իսկ եթե արևը նորի՞ց լուսավորեր այս սրահը,- անսպասելի Մարկոսի համար՝ հարց տվեց Սաին:
- Այն այնքան էլ հեշտ չէ, բայց այդ դեպքում առաջին հերթին աննկատ կսկսվի անհետանալ քաղաքի եղյամը: Դրանով զոնե կթուլանան Ադամանդի դիրքերը, բայց այն ժամանակ կպահանջի:
- Իսկ մենք արագ կգործենք, մի՞թե միայն գաղափարակիրներ ենք, իսկ այն հզոր բանա՞կը, չէ՞ որ միշտ պայքարում ենք նրա դեմ...
- Սիրելի՛ Կանաչ աչք, մենք ընդամենը կանխում ենք կործանարար հետևանքը, բայց չարի հաղթանակն օրեցօր ակնհայտ է դառնում...

- Նրա հաղթանակն արյունոտ է, իսկ մարդը փախչում է նրանից,- ոգևորվեց Սաին:
- Դա քիչ է հուզում նրան: Ցավոք, նրա հաղթանակը նաև նոր զենքն է, որը ծնվում է զարգացող գիտությունից: Կարծես գիտությունը դադարել է շրջահայաց լինել և շարունակում է վառ պահել այն վառոդը, որի պայթյունից ինքն է առաջինը հօդս ցնդելու:

Սաին լուռ նայեց սրահին:

- Մի՞թե ոչ մի հնարավորություն չունենք:
- Ունենք, բայց դժվար է իրկանացնել:
- Ո՞րն է,- ուրախությունից Սաիի աչքերը փայլեցին:
- Որքան էլ ինքս ինձ հակասելու տպավորություն թողնեմ, միակ ճշմարտությունը մնում է գիտությամբ հաղթել գիտությանը...
- Ինչպե՞ս, իսկ Աբգարը կարո՞ղ է:
- Ո՛չ, գիտնականն այստեղ ոչ մի կապ չունի, պետք է կարողանանք ետ բերել այս սրահի լույսը...

Սաին նայեց դատարկ հորիզոնին, որտեղ մշուշի միջից նշմարվում էր սպիտակ եղյամը...

- Իսկ ինչպե՞ս հասնել այնտեղ, ինչպե՞ս է այն կոչվում,- անհամբեր հարցրեց Սաին:
- Արևի երկիր, իսկ այնտեղ տանող միակ ճանապարհին այս հանգչող հորիզոնն է,- մտահոգ պատասխանեց Մարկոսը՝ ցույց տալով սրահի ծայրից երևացող մշուշը...

- Եթե այս սրահն է բարու և մարդասիրության խորհրդանիշը, ես ետ կվերադարձնեմ նրա լույսը, և այն կդառնա անմար,- ասաց Սաին, անհետացավ հորիզոնի մշուշում...

***

Գիշերային խայտաբղետ լույսերը ողողել էին ամենուր: Յուրաքանչյուր ակնթարթ խաղացող գույները վեր էին ածվում նոր ու տարբեր կերպարանքների: Սաին, տարված շլացուցիչ համայնապատկերով, հայտնվեց բրգաձև երկնաքերի գագաթին: Շենքի հարկից վեր բարձրացավ ռոբոտի ձեռքը, այն երկարելով հասավ նրան, վերցրեց, իջեցրեց հարկերից մեկում, նորից ետ քաշվեց: Սաին մնաց կանգնած մեծ նախասրահում: Դիմացի դուռը վեր բարձրացավ: Այնտեղից դուրս եկավ լայնեզր գլխարկով մի տղամարդ, ուղղվեց Սաիի կողմը:

- Պրոֆեսոր Սեն,- ներկայացավ նա:
- Սաի:
- Ձեզ ավելի կսազեր Կանաչ աչք անունը,- նկատեց Պրոֆեսոր Սենը՝ նայելով նրա աչքերին:
- Համարյա այդպես էլ անվանում են,- ժպտաց Սաին:
- Ի՞նչն է Ձեզ բերել Արևի երկիր...

- Ներեցե՛ք, պրոֆեսո՛ր, եթե այն իսկապես Արևի երկիրն է, ապա ինչի՞ համար են այսքան շատ արհեստական լույսերը:
- Այո՛, սա իսկապես Արևի երկիրն է՝ առաջինն այստեղից է ծագում արևը, բայց տարածվող մշուշն ամենուր է: Անհրաժշտություն է դառնում արհեստականորեն պահպանել լույսը: Մշուշը հաճախ ճնշում է լույսին:
- Մի՞թե Ձեր երկիրը ևս անզոր է չարի դեմ:
- Չարի ներկայությունը մի տեսակ անհրաժշտություն է դարձել, սակայն մարդն այդպես էլ չի սովորում գնահատել բարին, և դա ամենուր է այդպես...- բացատրեց նա,- իսկ այս լույսերն այլ խորհուրդ ունեն:
- Ո՞րն է,- հետաքրքրվեց Սաին:
- Այն գեղեցկացնում է քաղաքը, դարձնում գայթակղիչ, բոլորն ակամա ձգտում են դեպի քաղաք...
- Միևնույն է, որպես Արևի երկիր հակասում է իր անվանը, կարծես այն մետաղից է կառուցված:

Այդ պահին լուսամուտի առջևից սրընթաց անցավ օդային գնացքը:

- Այստեղ անգամ մարդու փոխարեն աշխատում է մետաղը, ինչպես ասացիք:
- Ինչպե՞ս,- զարմացավ Սաին:
- Մարդու լեզվով այն կոչվում է ռոբոտ:

- Նրանք այստեղ է՞լ են,- նկատելի տարակուսեց Սաին։
- Մեր ժամանակներում նրանք ամենուր են ու տարբեր։ Եվ այսպես, Կանա՛չ աչք, ի՞նչն է Ձեզ բերել այս երկիր...
- Ինձ Մարկոսն է ուղարկել, այնտեղ՝ մեգապոլիսում եղյամը լափել է լույսին..
- Ա՛, Մարկո՞սը, նա մեծ մարդասեր է,- հիացած պատասխանեց Սենը,- Չեմ կարծում՝ եզակի է այդ քաղաքը, բոլոր դեպքում հետևեք ինձ։

Սենը մտավ մեկ այլ սրահ, Սաին հետևեց նրան։ Լուսավոր սրահի կենտրոնում տեղադրված երկար սեղանի շուրջը նստած էին տարբեր ազգերի ներկայացուցիչներ։ Ներս մտնելուն պես բոլորը նայեցին նրանց կողմը։

- Ահա՛։ Նրանք բոլորն էլ այստեղ են հասել լույսի հետևից, բայց երբ ծանոթանում են այն տեղ հասցնելու ճանապարհին, մնում են թևաթափ,- ձեռքով ցույց տալով՝ նստածներին բացատրեց Սենը...
- Ո՞րն է այդ ճանապարհը,- հարցրեց Սաին, նրա աչքերն ակամա փայլեցին։

Պրոֆեսորը հայացքը թեքեց։

- Դուք մա՞րդ եք, թե՞ ռոբոտ...
- Մա՛րդ եմ։

- Ձեր աչքերը տարօրինակ փայլ ունեն: Նրանք ավելի սուր են, քան այս երկրի լույսերը,- նկատեց պրոֆեսոր Սենը:
- Գուցե,- հայացքը կախեց Սաին:
- Ահա՛, նայե՛ք այն կողմ,- պրոֆեսորը ցույց տվեց դիմացի պատը, որի վրա բացվեց մեծ էկրանը: Երևաց կարմիր ավազը: Այն անսահման էր՝ կազմված բազմաշերտերից, երբեմն, ծովի ալիքի պես, կախված վերևից...

Հաջորդը երևաց կիսակմախքացած փոքրիկների անվերջանալի շարքը, որը միապաղաղ քայլում էր այրող ավազով, իսկ նրանց շուրջը վխտում էին սողուններ: Սաիի աչքերն ակամա վառվեցին երևացող տեսարանից: Մրահում տարածվեց կանաչ լույսը, որից նստածներն անակնկալի եկան: Անսպասելիորեն հսկա մսաղացի մութ երախը սնացրեց կարմիր ավազը: Երևացին վեր ձգվող անվերջանալի աստիճանները, որտեղից հավասար ու անտրտունջ իջնում էր սև դիմակավորների շարքը, նույն կարգապահությամբ, թափվում սև, հսկա երախի մեջ: Մերթընդմերթ այնտեղից լսվում էին կրակոցներ և խուլ պայթյուններ... Հանկարծ մսաղացի երախից բարձրացավ սև ծուխը, այն պատեց էկրանով մեկ: Աստիճանաբար ծխի միջից երևացին հսկա խողովակները, նրանց շարքն անվերջանալի էր թվում, յուրաքանչյուր խողովակից լսվում էր ծանր հազ և փռշտոց... Լսվող ձայները խլացան, և յուրաքանչյուր խուլ փոշտոցից կամ հազից, կարծես, հառնում էին անվերջանալի հաստ պատերը՝ բաժանված քառակուսիների: Յուրաքանչյուր քառակուսու մեջ նստած էին շղթայակապ, միայնակ մարդիկ: Երևացող անթիվ խցերում անվերջ զնգում էին շղթաների ձայները: Կարծես՝ այն արձագանքելով անսպասելի վերածվեց ծովի խշշոցի, և հսկա սև ալիքն իր մեջ առավ պատերը: Սաիին թվաց՝ այն ընթանում է՝ էկրանից դուրս հոսելու, ջրասույզ անելու սրահը... «Մայրի՛կ»,-ակամա խուլ շշնջաց Սային՝ հիշելով եղբոր պատմածը: Հանգչող ծովի ալիքից վեր սլացավ հսկա սև հրեշը՝ սարսափելի ոռնոցով: Նրա ոռնոցն արձագանքում էր բազում անգամներ: Նա թևատարած սլանում էր թե՛ ծովով, թե՛ ցամաքով, իսկ մարդիկ, կարծես գերված, նրան էին հետևում ներքևից... Հրեշի երախից անվերջ դուրս էր թափվում ոսկեգույն շիթը, որին մերթընդմերթ հետևում էին կրակոցները և պայթյունները: Այնուհետև նա փախում էր մարդկային գլուխներ և առանձին մարմիններ՝ հրակարմիր շապիկներով, և մշտապես լսվում էր անդեմ մեկի բարձր քրքիջը... Սաին անհամբեր սպասում էր հաջորդ կադրին, երբ էկրանն անհետացավ, դարձավ սովորական պատ: Նա նայեց պրոֆեսոր Սենին...

- Շարունակությունը կտեսնեք Ձեր ճանապարհին,-կռահելով նրա միտքը՝ ասաց պրոֆեսորը...
- Կանցնեմ այդ ճանապարհը:

Սաիի պատասխանը նստածներին անակնկալի բերեց: Նրանց հայացքները մեխվեցին մնացին պատանու վրա:

- Հետևե՛ք ինձ,- ասաց Սենը, քայլեց դեպի դուռը: Սեղանի շուրջ նստածները նրանց հետևից միաժամանակ սկսեցին քննարկել երիտասարդի կատարած քայլը...

Հաջորդ սրահում, ուր ներս մտավ Սաին պրոֆեսոր Սենի հետևից, բարձրագահ աթոռին նստած էր ճերմակահեր, սակայն ոչ այնքան ծեր պրոֆեսոր Սուն՝ հպարտ կեցվածքով... Պրոֆեսոր Սենը ներս մտնելով ձեռքերը միացրեց իրար, նկատելի խոնարհվեց:

- Պրոֆեսո՛ր, կանաչ աչքերով երիտասարդը հանձն առավ անցնել ճանապարհը:

Պրոֆեսոր Սուն երկար նայեց Սաիին.

- Նա կարող է...,- հայտարարեց նա, ավելացրեց,- այս դեպքում սխալվելը բացառվում է: Քո աչքերը փայլում են ինչպես զմրուխտներ,- նկատեց պրոֆեսորը ևս:
- Գուցե, բայց դա իմ մեղքը չէ,- հայացքը թեքելով՝ պատասխանեց Սաին
- Բա՛ց արա ձեռքիդ ափը,- հրամայեց պրոֆեսոր Սուն, աթոռից վեր կացավ:

Նրա արծաթագույն, երկարափեշ կիմանոն հպվեց հատակին: Նա պահարանից վերցրեց ոսկյա փոքրիկ սրվակը, մոտեցավ Սաիին, յոթ կաթիլ ոսկեգույն հեղուկից կաթեցրեց նրա ափի մեջ: Այն բոցկլտաց, վերածվեց փոքրիկ կրակի: Սաին, հանկարծակիի եկած, ետ քաշվեց...

- Այն անմար է և անվնաս, մի՛ խուսափիր նրանից- ասաց պրոֆեսոր Սուն, վերադարձավ բազմեց իր տեղը:

Սային խաղաղված փակեց ափը...

***

Լուսաբացն արթնացավ, թվաց՝ էլեկտրական լույսերը մարելու փոխարեն տարալուծվեցին կապտող հորիզոնի մեջ: Սկսվող օրվա հետ Սաին հայտնվեց բրգաձև երկնաքերի գագաթին, նայեց հեռուն, կապտող հորիզոնը կրակե շապիկ հագավ: Նրանից ցրիվ եկան բոսորագույն ճառագայթները, և կարծես հորիզոնը ոսկի շաղ տվեց երկնակամարով մեկ:

- Հզոր է արևը Արևի երկրում,- շշնջաց նա, բացեց ափը՝ կրակը բոցկլտաց:

Սաին ժպտաց, սլացավ առաջ: Երևաց անսահման ու սև ծովը, որի ալեկոծ ալիքները զարնվում էին իրար, փլվում ջրի մակերեսին: Նա մոտեցավ ափին՝ այն մի տեսակ փայլում էր: Երբ ավելի մոտիկացավ, փայլը վերածվեց սև ցեխի, որի մեջ հազիվ քարշ էին գալիս կիսակենդան երկարոտ թռչունները: Նրանց շարքը լրացնում էին հսկա շնաձկները, այնուհետև ափը ողողված էր մանր ջրային կենդանիներով: Սաին առաջ սլացավ: Մինչև ջրի խորքը սևին էր տալիս տարօրինակ փայլը, ավելի խորքում երևացին դեղին աշտարակները: Հեռվից երևացող սպիտակ հսկա կույտերը նրան ստիպեցին ավելի մոտենալ, նա հայտնվեց նրանցից մեկի վրա:

- Սա աղբ է,- հիասթափված մրմնջաց, ապա վեր սլացավ:

Հետզհետե ջուրը մեծացավ, դարձավ անսահման: Կարծես ցամաքն անցնում էր ջրի տակ: Տեսնելով, թե ինչպես է ջուրը պտտվում ինքն իր մեջ, մոտեցավ, կախվեց ջրի վրա: Այն դարձավ երկգույն՝ ավելի բաց գույնը պտույտ էր կատարում սև ջրի շուրջը, լցվում նրա մեջ: Նա երկար ժամանակ պտտվեց ջրի վրա, ապա կիսաձայն արտաբերեց. «Այն եռանկյունի է հիշեցնում»: Ավելի մոտեցավ հեռվից նշմարվող եռանկյունուն: Հանկարծ այն վեր բարձրացավ, նրան առավ իր մեջ, նորից հավասարվեց ջրի մակերեսին՝ շարունակելով պտտվել: Այնտեղ, ուր ալիքը փախեց Սաիին, կարծես բոլոր ժամանակները խառնված էին իրար: Նա զարմանքից շուրջն էր դիտում կողմնորոշվելու: Երբ հիշեց անմար կրակի մասին, բացեց ափը: Կրակը բոցկլտաց, նրանից անջատվեց մեկ կաթիլ, ընկավ գետնին: Ոսկեգույն կաթիլը գլորվելով Սաիի առջև բացեց նեղ արահետ: Նա առաջ շարժվեց ձգվող արահետի հետ, որը շարունակվեց լայնահուն գետի վրայով: Երբ գետը մնաց հետևում, հայտնվեց բարձրադիր լեռներում: Լեռների արանքում երևաց քարե հին կամուրջը: Այն նրան տարավ լեռան ամենաբարձր կետը, որի հարթանիստ գագաթից իր շուրջն էր նայում հնամյա ամրոցը՝ բազմագմբեթ տանիքներով: Ընթացող արահետով Սահին հայտնվեց ընդարձակ գավիթում: Զարմանքով նայեց շուրջը, ամենուր դատարկություն էր, միայն ամրոցի փոքրիկ լուսամուտներից ընդմիջումով լսելի էին զանգի ղողանջները, որով խախտվում էր տիրող լռությունը: Փորձեց վեր սլանալ, չստացվեց, թվաց՝ մարմինը ծանրացել է, մնաց կանգնած:

Ծանր ճռռոցով բացվեց դիմացի կամուրջը, Սահին անցավ անդունդի վրայով: Արահետը շարունակվեց այնքան, մինչև նա հայտնվեց ընդարձակ ու կլոր սրահում: Սրահի շրջանագծով շարված էին բարձրազահ աթոռները: Նրանցից միայն մեկին բազմել էր ալեհեր, միրուքը մինչև հատակը, խորշոմած դեմքով, երկարազգեստ մի ծերունի: Նա մի ձեռքին ուներ սլաքաձև գայիսոն, մյուս ձեռքով բռնել էր սովորական փոքրիկ գլոբուսը: Սահին մնաց մուտքի մոտ քարացած, երբ ծերունին նայեց կողքի աթոռին, կարծես սահելով փոխվեց այնտեղ՝ վերափոխվելով երիտասարդի: Նրա զարմացած հայացքը մեխվեց մնաց ծերունու թափուր աթոռին:

- Գիտեմ, Կանաչ աչք, ինձ ես փնտրում,- խոսեց երիտասարդը,- այստեղ, այս ամրոցում միայն ես եմ, ոչ ոք չկա:
- Դուք ո՞վ եք:
- Ժամանակը: Դու հայտնվել ես ամենակարող ժամանակի աշխարհում:
- Իսկ նա՞,- հարցրեց Սաին՝ ցույց տալով հաջորդ աթոռը, որի վրա քիչ առաջ նստած էր ծերունին:
- Նա նս ես եմ, ինչպես և մնացած մյուս աթոռները,- պատասխանեց երիտասարդը՝ հերթով կերպարանափոխվելով՝ հայտնվեց բոլոր աթոռներին՝ նորածինից մինչև զառամյալ ծերունի... Ամենավերջում մնաց երիտասարդի կերպարանքով,- դու եկել ես ներկայից: Ես ներկան եմ, ի՞նչն է քեզ բերել ժամանակի աշխարհը:
- Այնտեղ, ուր ապրում եմ ես, եղյամը լափել է լույսին, և ամենուր վխտում են ռոբոտ-զինվորներն ու ուրվականները: Պետք է կարողանամ լուծում գտնել այդ սարսափելի խնդրին, միայն դրանից հետո ես կարող եմ վերադառնալ այնտեղ, որտեղ չարի և բարու պատերազմն է՝ չարի հաղթանակով:
- Կանա՛չ աչք, այսպես թե այնպես դու կվերադառնաս քո քաղաքը, քանի որ չարը վերջ կունենա այն ժամանակ, երբ գա մարդկության վերջը: Չարը մարդուց է, այն չունի այլ ծնունդ:

Սաին տխրեց, գլուխը կախեց: Ժամանակը հայտնվեց անցյալի տեսքով:

- Հետևի՛ր ինձ,- հրամայեց ծերունին, քայլեց առջևից:

Արահետը շարունակվեց: Այն Սաիին ժամանակի հետևից տարավ անծանոթ աշխարհ, ուր ամեն ինչ հիշեցնում էր անտիկ ժամանակները: Մանրաքարերով պատված հրապարակում պտտվում էր հսկա անիվը, որից անվերջ լսվում էր ժամացույցի չխկչխկոցը: Անիվի հետ պտտվում էին ճոխ թիկնոցներով և անգին քարերով թագեր կրող մարդիկ:

- Ովքե՞ր են նրանք, ինչու՞ են պտտում այդ ծանր անիվը,- զարմացավ Սաին:
- Նրանցից յուրաքանչյուրն իր ապրած ժամանակի տիտանն է, այդ անիվին են արժանացել կատարած գործերի համար, իսկ հետո, ուշացած ափսոսանքով, պտտվում են ժամանկի անիվի հետ:
- Ինչու՞ ափսոսանքով, եթե նրանք բոլորն էլ թագակիրներ են եղել:
- Պարզապես ափսոսում են արածի և չարածի համար: Քո ժամանակի տիտանները,- հայտնվեց երիտասարդը,- ոչնչով չեն տարբերվում նրանցից,- ասաց նա, նորից մտավ ծերունու կերպարանքի մեջ,- վաղ թե ուշ նրանք բոլորն էլ արժանանում են այդ անիվի հետ պտտվելու բախտին:
- Ինչու՞ նրանք չեն ազատվում թագերից, չէ՞ որ այն նրանց խանգարում է ցավեցնելու չափ,- նկատելով նրանց քրտնաթոր դեմքերը՝ հարցրեց Սաին:

- Նրանք անզոր են այդ անելու:
- Ինչու՞,- զարմացավ Սաին:
- Քանի որ իրենց ժամանակի մեջ նրանք շատ դավեր են նյութել, և պայքարը եղել է այդ թագերին արժանանալու համար: Թող հավերժ կրեն, որքան էլ այն ցավ պատճառի նրանց,- պատասխանեց ծերունին, լքեց հրապարակը:

Սային նրա հետևից նորից հայտնվեց կլոր սրահում՝ երիտասարդի դիմաց:

- Ահա՛, Կանա՛չ աչք, նայի՛ր այն կողմ,- շարունակեց ժամանակը՝ ցույց տալով դեպի արևելք:

Երկնակամարում երևաց ծիածանը: Նրա վրա ժամացույցի սլաքի պես աննկատ պտտվում էր ժապավենը՝ բաժանված կադրերի:

- Սա կյանքն է մոլորակի վրա, այն չունի վերջ, հավերժ պտտվում է անիվի պես: Կարո՞ղ ես ցույց տալ պտտվող անիվի վերջը:

Անսպասելի հարցից Սաին զարմացած նայեց ժամանակին, ապա՝ անիվին, անվստահ պատասխանեց.

- Ոչ:
- Բնականաբար, քանի որ այն կլոր է և չի կարող վերջ ունենալ:

Սային շարունակում էր կլանված դիտել կադրերը, երբ հայտնվեց կարմիր անապատում: Երևացին անապատի պռկին քարաքոսների մեջ գոյատևող գյուղերը: Աղքատիկ խրճիթների դիմաց արևի տակ շարված էին մեծ ու փոքր ոսկրացած բնիկները:

- Այս դեպքում դու առաջվա պես կարող ես սավառնել, այլևս արահետը պետք չէ քեզ,- խոսեց ժամանակը,- Ահա՛, անապատը և նրա սովյալ զավակները,- ցույց տվեց ժամանակը,- կարո՞ղ ես նրանց պարտադրել, որպեսզի ոչ միայն օգնության սպասեն, այլ նաև սովորեն արարել՝ բարկ արևի շողքերից քաղելով նրա քաղցր պտուղները:
- Իսկ երա՞շտը:
- Այն այնքան սարսափելի չէ, որքան խոնավությունը: Հիշի՛ր, Կանա՛չ աչք՝ խոնավությունից են առաջանում որդերն ու սնկերը, իսկ արևից՝ քաղցր նեկտարը, որը սպեղանի է ցանկացած բորբոսի:

Սային ընկավ մտքերի մեջ:

- Յուրաքանչյուրն ինքը պետք է օգնի իրեն, հարկ չկա տխրելու: Մտի՛ր նրանց կենցաղը և կհամոզվես՝ անհնարին ոչինչ չկա,- հրամայեց ժամանակը՝ նրան թողնելով այնտեղ:

Սային տարակուսած նայեց շուրջը, նորից փորձեց վեր սլանալ:

- Ստացվե՜ց,- ոգևորված գոչեց նա, առաջ անցավ:

Շրջեց գյուղերով: Հայտնվեց գյուղերից հեռու, ուր սպիտակին էին տալիս մեծ ու փոքր մի քանի վրաններ: Մոտենալով երևացին բնիկների կիսամերկ շարքերը, որոնք կռացած էին ծանր ու մեծ կողովների տակ: Նրանց հսկում էին գեր ու խնամված մարդիկ: Նա աննկատ մոտեցավ առջևից քայլող շալակատարին:

- Ո՞վ ես,- հարցրեց Սաին:
- Անունս Նանու է,- ծանր բեռից տնքալով՝ հազիվ պատասխանեց նա:
- Ի՞նչ աշխատանք եք կատարում:
- Ոսկի և ադամանդ ենք արտահանում,- երկյուղած պատասխանեց Նանուն:
- Ադամա՛նդ,- խուլ ձայնով արտաբերեց Սաին, այդ պահին նրա աչքերը վառվեցին,- ինչի՞ դիմաց եք արտահանում:
- Ասում են զենքի:
- Ձեր ինչի՞ն է հարկավոր զենքը,- ավելի շուտ զայրացավ, քան զարմացավ Սաին,- կամ ումի՞ց եք պաշտպանվելու, երբ զենք վաճառողը վաղուց իշխում է Ձեզ,- խոսքի հետ նա գլխով ցույց տվեց քիչ հեռվում կանգնած սպիտակամորթ տղամարդուն:
- Ի՞նչ իմանամ, ասում են՝ անվտանգության համար է:
- Ի՞նչ անվտանգություն, երբ Ձեր ընտանիքները մատնված են սովի: Այդ գնված զենքով

պաշտպանելու եք սովն ու համաճարա՞կը,- ավելի բորբոքվեց Սաին:

- Չգիտեմ, այն սպիտակամորթ բոսսն է այդպես ասում:
- Եվ հենց այդ բոսն է Ձեր գերխնդիրը,- զսպված ցասումով պատասխանեց Սաին:- Դուք այդ մեկ կողովով զենքի փոխարեն կարող եք հազարավոր մետրեր ջրանցքներ բացել դեպի՝ անապատի վերածվող Ձեր գյուղերը:

Շալակատարը խորը հոգոց հանեց, նայեց գյուղի կողմը:

- Ո՞վ ես, ինչու՞ ես խանգարում,- մոտենալով նրանց՝ հարցրեց սպիտակամորթ բոսսը:

Սաին ետ քաշվեց, իսկ Նանուն շարունակեց ճամփան:

Վաղ ծեգին նա նորից ուղղվեց վրանների կողմը: Քարաքոսների միջով անցնելիս գտավ շալակատար Նանուի անշնչացած մարմինը, իսկ քիչ հեռվում երևում էր բեռնակիրների շարքը. կարծես ոչինչ չէր պատահել:

- Աֆրիկացին վաղուց տանուլ է տվել իր ողջ կարողությունը՝ տուրք տալով սուտ աստվածներին,- ցավով շշնջաց նա, վեր սլացավ:

Սաին մնաց օդից կախված, բացեց ափը: Անմար հուրից ոսկեգույն մի կաթիլ ընկավ, այն, վերածվելով հորդառատ անձրևի, սկսեց տեղալ գյուղերի վրա:

Բնիկները դուրս թափվեցին, սկսեցին ուրախությունից վազվզել, բերանները բացած անձրևի կաթիլ որսալով, սակայն ոչ ոք դատարկ ամանը ջրով չլցրեց: Սաին հուսահատ սլացավ առաջ, հայտնվեց բարձր ժայռի գագաթներից մեկին, ժամանակը հայտնվեց նրա կողքին:

- Ես ոչինչ չկարողացա անել,- ասաց Սաին՝ իրեն մեղավոր զգալով:
- Օգնությունը նրանց մեջ սպանել է աշխատասիրության սերմը: Առա՛ջ անցիր, նախ պետք է մարդու մեջ փոխվի մտածելակերպը, առանց որի անօգուտ է ամեն ինչ, իսկ թե որքանով կարողացար ազդել նրանց վրա, ակնհայտ կդառնա հետո,- խոսեց ժամանակը:

Սաին սլացավ առաջ, ժամանակը մնաց ժայռին կանգնած՝ հետևելով նրան: Երևաց հսկա քաղաքը: Այն կարծես կառուցված էր դեղին կավից, իսկ նեղ փողոցները սալիկապատ էին ու ծառազուրկ: Նա հայտնվեց քաղաքի կենտրոնում, որտեղից վեր էին բարձրանում անվերջ շարունակվող աստիճանները, աստիճաններից իջնում էին սև դիմակավոր սևազգեստները: Անվերջանալի շարքը հավասար, անտրտունջ թափվում էր ներքև, ուր սևին էր տալիս հսկա մսաղացի մեծ երախը:

- Նրանք նման են Աղամանդի զինվորներին,- կիսաձայն շշնջալով՝ նկատեց Սաին:

- Քանի որ նրանց հումքն այստեղից է հոսում, նմանությունը զարմանալի չէ,- հայտնվելով նրա կողքին՝ պատասխանեց ժամանակը,- Կարո՞ղ ես նրանց հեղափոխել, որպեսզի կույր չգնան այդ ինքնասպան դավանանքին, կարո՞ղ ես այդ ստվար շարքից գեթ մեկին այլախոհ դարձնել կամ կարո՞ղ ես այդ մեկին համոզել, որպեսզի իջնելու փոխարեն հակառակն անի՝ բարձրանա այդ աստիճաններով:
- Երևի՝ ոչ,- անվստահ պատասխանեց Սաին:
- Փորձի՛ր,- հրամայեց ժամանակը, հայտնվեց ամենաբարձր գմբեթին՝ այնտեղից հետնելու երիտասարդին:

Նա կախվեց մսաղացի վրա, բացեց ափը: Մի կաթիլ անմար հուրից ընկավ երկաթյա երախի մեջ: Լսվեց վայնասուն, աղմուկ ու կրակոցներ, որոնց մերթընդմերթ հետևում էին խուլ պայթյունները: Սաին սարսափահար նայեց ժամանակին:

- Այո՛, նրանց փոխարեն ինքդ ես սարսափում: Ցավոք, նրանք ընդամենն ուշացած սթափվեցին: Խնդիրն աստիճաններին զտնվողներն են, որոնք երբեք չեն գնահատի իրենց տրված պահը հավերժական ժամանակի մեջ մինչև չհայտնվեն մարդակուլ երախում:

Զգացած ցավից Սաիի դեմքը ծամածռվեց:

- Այո՛, Կանա՛չ աչք, ափսոսանքը մի զգացում է, որը հայտնվում է միշտ ուշացած,- նկատեց ժամանակը:

Հետզհետե երկինքը մշուշվեց: Որքան Սաին առաջ էր սլանում, մշուշն ավելի էր խտանում: Այդ խտացող մշուշի մեջ նա նշմարեց թոնրանման հսկա խողովակները, որոնք կարծես բերանով մեկ ծուխ էին փչում ամենուր: Նա տևական ժամանակ շրջեց մշուշապատ երկնքով, կանգնեց խողովակներից մեկի շուրթին, նայեց ներս, սկսեց հազալ:

- Սա մշուշ չէ,- ասաց նա ինքն իրեն:
- Այո՛, այն սովորական ծուխ է,- պատասխանեց ժամանակը՝ հայտնվելով նրա կողքին:

Ծխի միջից նշմարվեցին արագ դեսուդեն քայլող մարդիկ: Սաին նայեց հորիզոնին, որտեղից ստեպ-ստեպ նշմարվում էր արևը:

- Մի՞թե այն հզոր է արևից:
- Հզոր չէ, բայց փորձիր նրանց հիշեցնել հողմակայանների և ջերմակայանների մասին:
- Իսկ դա հնարավո՞ր է,-ուրախացավ Սաին:
- Ո՛չ:
- Ինչու՞,- այս անգամ զարմացավ Սաին:
- Շահը նրանց կստիպի ոչնչացնել քեզ՝ քո գաղափարի հետ: Պարզապես որպես մարդասեր փորձիր արծարծել խնդիրը:

Սաին բացեց ափը, մեկ կաթիլ անմար հրից ընկավ խողովակից ներս: Այնտեղից լսվեց անտանելի հազ և փռշտոց:

- Որքան էլ այդ սպանող հազը խեղդի նրանց, նրանք դեռ երկար ժամանակ չեն փոխի խաղի կանոնները,- նկատեց ժամանակը:
- Ինչու՞:
- Մարդը հեշտ է հարմարվում վատին, իսկ երբ այն դառնում է սովորույթ, դժվար է հրաժարվել, առավել ևս, եթե այն նաև ապրելու միջոց է,- պատասխանեց ժամանակը, առանց սպասելու՝ սլացավ առաջ:

Սաին հետևեց նրան: Նրանք իրենց հետևում էին թողնում քաղաքներ և գյուղեր, որոնց մեջ անվերջ էին պատերը՝ բաժանված քառակուսիների, պատերից զատ պարսպապատված էին բակերը: Տեղ-տեղ երևում էին նաև մետաղյա ծանր արգելապատերը:

- Նկատեցի՞ր, այնտեղ, որտեղ մարդն է՝ առաջնայինը պատն է, որով նա խորհրդանշում է իր անկախությունը և անվտանգությունն իր նմանակից,- ասաց ժամանակը, կանգնեց ամենաբարձր շենքի տանիքին:

Սաին շվարած շուրջն էր նայում: Ամենուր լսվում էր շարժիչների աղմուկը, երևում էին մեքենաների անվերջանալի շարքերը, որոնք նրա համար անհասկանալի պատճառով շարժվում էին կրիաի պես դանդաղ, իսկ մարդը կարծես անվերջ շարժվում էր՝ վերածված բազմության:

- Ահա՛, քայլի՛ր նրանց միջով,- հրամայեց ժամանկը, ինքը մնաց վերևում:

Սաին հայտնվեց փողոցում, երկար քայլեց: Հետիոտներն իրար չէին նկատում, նրանցից յուրաքանչյուրը տարված էր ականջներին միացված փոքրիկ սարքով: Ոչ ոք նրա կողմը չնայեց:

- Նրանք նայում են, սակայն չեն տեսնում,- զարմացած արտաբերեց Սաին:
- Անտարբերությունը խժռել է նրանց զգայարանները,- հայտնվելով նրա կողքին՝ պատասխանեց ժամանակը, վեր սլացավ:

Նրա հետևից Սաին հայտնվեց մի այլ շենքի տանիքին: Լսվեց հրապարակի մեծ ժամացույցի զանգը:

- Ահա՛, այս սարքով մարդը գիտակցաբար հաշվում է իր ժամերը՝ միաժամանակ երբեք չգնահատելով այն,- խոսեց ժամանակը,- նայի՛ր շուրջդ, համարյա բոլորը կրում են այդ սարքից:

Սաին տխուր նայեց քաղաքին:

- Այդ լուսամուտները հեռվից նման են խոռոչների,- նկատեց նա:
- Եվ մարդը հաճախ աշխարհին է նայում նման վանդակներից, իսկ դու փորձիր քանդել այդ

պատերը՝ վերածելով կամուրջների: Կարո՞ղ ես ցրել նրանց մենությունը:

Սաhին տարակուսած նայեց շուրջը:

- Այո՛, այս դեպքում անչափ դժվար է, քանի որ, նա որքան էլ գերադասի մենությունը, և որքան էլ մարդը մարդուն տանել չի կարողանում, միննույն ժամանակ նա չի կարող գոյատևել առանց իր նմանակի:
- Հետաքրքիր է,- արտաբերեց Սաhին:
- Հետաքրքիր է նաև, երբ մարդու թիվը միլիարդներ է կազմում մոլորակի վրա, սակայն յուրաքանչյուրը դատապարտված է մենության:
- Ինչպե՞ս, չէ՞ որ նրանք ամեն ինչում կախում ունեն իրարից:
- Ո՛չ, Կանա՛չ աչք, մարդու մեջ կա մի աշխարհ, ուր թագավորում է հավերժական մենությունը, որքան էլ նա շրջապատված լինի հարազատներով և ընկերներով: Ահա՛, նաև որտեղից է առաջանում պատի անհրաժշտությունը:

Սաhին զարմանքով նայեց ժամանակին:

- Հարկ չկա միշտ զարմանալ, դու պարզապես փորձիր օգնել նրանց և տե՛ս՝ ինչի կփոխվի քո օգնությունը,- խորհուրդ տվեց ժամանակը:

Սաhին վեր սլացավ, բացեց ափը: Փոքրիկ հրից մի կաթիլ ընկավ քաղաքի վրա: Աղմուկը կրկնապատկվեց: Ամենուր լսվեց բանալիների զնգոցը, որոնք կարծես անվերջ պտտվում էին կողպեքների մեջ:

- Նրանք ավելի ամուր փակվեցին,- հուսահատ ասաց Սաին:
- Գուցե, դու պարզապես նրանց արթնացրեցիր, նրանք ավելի սարսափեցին կորցնելուց,- բացատրեց ժամանակը, առաջ անցավ:

Սաին մի պահ մնաց թևաթափ կանգնած, ապա հետևեց նրան: Երևացին մետաղյա ծանր ցանցանման պատերը: Նա ժամանակի հետևից ակամա հայտնվեց այդ պատերից ներս, թվաց՝ բանալիների զնգոցը վերածվեց շղթաների ձայնի:

- Ամենուր շղթաներ են,- շշնջաց Սաին:
- Այո՛, մարդը կարող է շղթայել անգամ մարդու միտքը,- նկատեց ժամանակը:

Շղթաների աղմուկն ավելի մոտեցավ:

- Նրանք չպետք է քեզ նկատեն,- զգուշացրեց ժամանակը:

Սաին մնաց աննկատ: Մետաղյա վանդակներից դուրս եկավ հրակարմիր հագուստով մարդկանց շարքը: Յուրաքանչյուրին ուղեկցում էր մեկ սնազգեստ դիմակավոր, նրանց զենքը երկարաշեղբ դանակն էր:

- Նորից նրանք, թվում է՝ Աղամանդն ամենուր է,- զայրույթից պոռթկաց Սաին:

Շարքը հայտնվեց ջրի ափին, որտեղ քիչ հեռու՝ ցամաքում հավաքված էր ամբոխը: Հրակարմիր շարքը դիմակավորների պահանջով չոքեց ծանծաղուտ ջրի մեջ: Նրանք, տոնի վերածելով, կատարեցին դաժան ծեսը՝ գլխատելով յուրաքանչյուրն իր բաժին զոհին: Ամբոխը սկսեց ծափահարել: Ալիքը հպվեց գլխատված մարմիններին՝ կարծես լվանալով նրանց վերքերը, իսկ ցավը ներկում էր ջուրը կարմիր գույնով: Մոտիկից լսվեց պայթյուն: Սաին նայեց այն կողմ: Բոցերի մեջ այրվում էին շղթայակապ կանայք:

- Սատանան կերազեր նման դժոխքի մասին,- մրմնջաց Սաին՝ սեղմելով ատամները:
- Չարը մարդուց է, այն չունի այլ ծնունդ,- հայտնվելով նրա կողքին՝ կրկնեց ժամանակը,- սատանան հիմնականում մնում է դիտորդի դերում, քանզի մարդը նրան անելիք չի թողնում:
- Այո՛,- ծոր տվեց Սաին,- և նա ավիրում է իր շրջակա աշխարհը:
- Ո՞վ է մարդը յուր խղճուկ պայթյուններով և կրակոցներով բնության հզոր տարերքի դեմ, երբ այն հայտնվում է հրաբխի կամ երկրաշարժի տեսքով: Անհանգստանալու հարկ չկա: Այս դեպքում մարդը վնասում է միայն իրեն, իսկ բնությունը, լոկ ժամանակավոր, կորցնում է իր տեսքը,- բացատրեց ժամանակը՝ անտարբեր մնալով կատարվող իրադարձություններին:

Սաին ժամանակի հետնից հայտնվեց երկնաքերի տանիքին՝ հետևում թողնելով այրվող կանանց հրդեհի ծուխը, որը, կարծես տարածվելով ամենուր, փորձում էր սթափեցնել հանդիսատես մարդուն:

Մինչ Սաին ժամանակի հետնից կլքեր ծովը, անսպասելիորեն ընդերքից վեր սլացավ սև հրեշը: Նա սարսափահար ուզեց ետ նահանջել:

- Հարկ չկա նրանից վախենալ,- խորհուրդ տվեց ժամանակը,- նրանից նման սարսափելի կերպար մարդն է ստեղծել: Իրականում այն բնության բարիքներից մեկն է: Մարդը շուրջ բոլորն ավիրում է նրան տիրելու համար և այդ ասպարեզում վայ թույլին: Ժամանակին նա անվտանգ էր, քանի դեռ ապրում էր ջրի տակ, արթնանալով, այսօր նա իշխում է բոլորին՝ թե՛ ամենաթույլին, թե՛ ամենահզորին: Յուրաքանչյուրը փորձում է օգտվել նրա գերիշխանությունից: Ահա՛, որտեղից են պայթում ռումբերն, առաջանում մարդկային քարավանները,- բացատրեց ժամանակը, սլացավ առաջ:

Սաին գլխիկոր նայեց ձեռքի ափին:

- Հուրն անզոր է, հրեշը կուլ կտա նրան, առա՛ջ անցիր,- նկատեց ժամանակը:

Սաին փակեց ափն, առաջ սլացավ: Նա տեսավ, թե ինչպես է հրեշը փսխում մարդկային գլուխներ և ոսկյա ձուլակտորներ, իսկ նրա հրակարմիր երախից լսվում էին պայթյուններ և մարդկային ճիչեր: Վերևից երևացին մարդկանց խմբերը, որոնք, իրար խառնված, մեծ ու փոքր, փորձում էին տեղ գտնել արդեն լեցուն մակույկներում:

- Ահա՛, մարդը փախչում է ինքն իրենից;
- Ինչու՞,- հարցրեց Սաին՝ մնալով կախված նրանց վրա:
- Նրանք կորցրել են պատերը, նոր պատեր են փնտրում ուրիշ ափերում:

Սաին բացեց ափը, նայեց փոքրացած անմար հուրին, ապա ժամանակին:

- Եթե նրանք չկարողացան գնահատել իրենց երկիրը, այն լքելով՝ շտապում են նոր ափեր, ոչ մի հուր նրանց չի կարող փոխել,- նկատեց ժամանակը:

Սաին ցավով փակեց ափը, հետևեց ժամանակին: Հայտնվեց մոլախոտերով պատված տան տանիքին:

- Նման տներ՝ անգամ ամբողջ գյուղեր այսօր դու հաճախ կհանդիպես,- սկսեց ժամանակը:
- Ինչու՞ է լքված այս գեղեցիկ տունը, ու՞ր է նրա տերը,- զարմացած հարցրեց Սաին՝ կանգնելով երկհարկանի տան կտուրին:
- Այն մարդն է կառուցել, նույն մարդն էլ լքել՝ գերադասելով երկնաքերի խուլ պատերը, որտեղ նա վեր է ածվում աննկատ սպառողի, որտեղ նրան

ոչ ոք չի նկատում, որտեղ նա հաճախ դատապարտվում է միայնության:

- Ինչու՞, չէ՞ որ նրանք այնտեղ այնքան շատ են:
- Գուցե շատ են, բայց մարդն այդ հսկա շինություններում վեր է ածվում մրջյունի՝ հաճախ կորցնելով անհատականությունը:

Ժամանակն առաջ սլացավ: Սաին հետևեց նրան՝ ափսոսանքով նայելով մամռակալած տանիքներին, որոնց կարծես մի կերպ իրենց ուսերին էին պահում կիսաքանդ պատերը, իսկ տնամերձերի մոլախոտերը հաճախ հատում էին տանիքները:

- Մարդն ամենակեր է, գուցե դա նրա դժբախտությունն է,- նորից խոսեց ժամանակը:
- Այո՛, որքա՛ն խաղաղ կլիներ աշխարհը, եթե նա սնվեր միայն բույսերով,- նկատեց Սաին:
- Գուցե, բայց և անհավանական, մարդն արդեն ամենակեր է, նա այլընտրանք չունի, բացի գոյատևելուց, միաժամանակ նույն գոյատևման համար ոչնչացնել նմանակին,- պատասխանեց ժամանակը:
- Այո՛, իսկ հակառակ դեպքում չէին լքվի այս գեղեցիկ գյուղերը,- ափսոսանքով շեշտեց Սաին:
- Միևնույն է՝ մարդը ձգտում է այնտեղ, որտեղ նա զգում է իշխելու համը, իսկ այնտեղ նրան իշխում է տեխնիկան, որը հաճախ հարցականի տակ է դնում նրա գոյությունը:

Սաին նորից նայեց ափին:

- Գուցե այդ հուրը փոխի նրա գիտակցությունը, բայց չեմ կարծում՝ այս լքված շենքերը երբևիցէ կվերաբնակեցվեն:
- Իսկ այն ծովի փախստականնե՞րը

Ժամանակը ժպտաց:

- Հարազատ տարածքը լքողը, երբ իր հետևում թողնում է միայն ավերակներ և դիակներ, չի կարող շենացնել օտարի հողը: Նրանք միշտ կփնտրեն, սակայն երբեք չեն գտնի, քանզի օտարությունում ոչ ոք նրանց համար ոչինչ չի կորցրել- ասաց ժամանակը, լքեց լքված տանիքը:

Սաին ժամանակի հետևից հայտնվեց անվերջանալի տարածությունում, որտեղ արևի ճառագայթներից փայլում էին երկար շինությունների թափանցիկ տանիքները:

- Ի՞նչ տներ են,- հետաքրքրվեց Սաին:
- Դրանք տներ չեն,- պատասխանեց ժամանակն,- այլ ջերմոցներ են, որտեղ մարդը ուտելի բույսեր է աճեցնում, մոտեցի՛ր և կտեսնես:

Սաին կանգնեց ջերմոցներից մեկի տանիքին: Երևացին մի քանի բերանակալներով մարդիկ, նրանք մեջքներին ամրացված բալոններից հեղուկ էին փչում փարթամորեն աճած բույսերին, որոնցից կախված էին տարբեր բանջար ու պտուղներ:

- Նրանք ջրու՞մ են,- հարցրեց Սաին՝ հիացած նայելով մարդու հնարամտությանը:
- Ո՛չ, ներարկում են: Մարդը ներարկելով բույսին՝ գիտակցաբար ներարկում է ինքն իրեն:
- Ինչու՞ են նրանք փակել բերանները:
- Որովհետև թունաքիմիկատ են ներարկում, որը վտանգավոր է կյանքի համար:
- Իսկ բու՞յսը:
- Բույսն այդ նյութից ստանում է ախորժալի տեսք և դիմացկունություն, իսկ այն ինչը չի փչանում, փչացնում է:

Ժամանակի խոսքերից Սաին ավելի հուսահատված նայեց ափին:

- Ո՛չ, այսուհետ հուրն անզոր է, փակի՛ր ափդ, այն քեզ դեռ պետք է ,- հրահանգեց ժամանակը:

Սաին սլացող երիտասարդի հետնից հայտնվեց քաղաքի խայտաբղետ թաղամասերից մեկում, ուր թվում էր՝ գիշերային լույսերը հրդեհում են շենքերը, նորից ետ քաշվում:

- Դու հայտնվել ես այնտեղ, ուր մարդն ամեն վայրկյան թարմացնում է մեղքը:

Սաին զարմանքով նայեց շուրջը՝ փորձելով հասկանալ ժամանակի ասածը:

- Իհարկե, դու չկռահեցիր ինչի մասին է խոսքը, հետևի՛ր ինձ:

Ներսում նույնպես խաղում էին խայտաբղետ լույսերը, հնչում էր ականջ ծակող երաժշտությունը: Սաին սեղմվեց պատին մնաց: Նա դեմքն ակամա խոժոռեց, երբ տեսավ, թե ինչպես են կանայք խոսում տղամարդու ձայնով, իսկ տղամարդիկ կոտրատվում են, ինչպես կանայք: Սաին աչքերը փակեց, փորձեց դուրս նետվել:

- Ո՛չ, առաջացի՛ր,- հրամայեց ժամանակը:

Նա խորացավ տարօրինակ զանգվածի մեջ: Սեղանների շուրջ նստածները՝ լուրջ թե կիսահարբած, համբուրվում էին և ծխում, որից օդը դառնում էր հեղձուցիչ և մշուշապատ: Նրանց ճչացող շպարն ու վառ զգեստները Սաիին ստիպեցին անհետանալ առաջին պատահած դռան հետևում, բայց նա այնտեղից դուրս նետվեց, ինչպես ռետինե փականը, երբ տեսավ անկողնում իրար գրկած երկու տղամարդու: Նա հևասպառ սկսեց շնչել, կարծես օդ հավաքելով:

- Դու խեղդվու՞մ ես նրանց մեղքերից,- լսվեց ժամանակի ձայնը, հայտնվեց նրա դիմաց:

Սաին բացեց ափը, նայեց բոցկլտացող կրակին:

- Այն անզոր է, քանի որ երբ մարդը դառնում է մարդասպան, շարունակելու է սպանել: Նույնպես էլ նրանք՝ առել են մեղքի համը: Այն շշմեցնելու չափ քաղցր է,- շշուկով ասաց ժամանակը, հայտնվեց ամենաբարձր եկեղեցու գմբեթին:

Սաին հայտնվեց նրա կողքին:

- Դու կանգնած ես մարդու ձեռքով կառուցած շինության տանիքին, որի պատերի ներսում օրհնվում է այն մեղքը, որից փախար խեղդվելով:
- Ի՞նչ կառույց է սա:
- Նայիր վեր, կհասկանաս:
- Սաին նայեց վեր, երևաց վեր խոյացած մեծ խաչը:
- Եկեղեցին է, այն աստվածային է,- շշնջաց Սաին՝ խաչ հանելով դեմքին:
- Այո՛, որտեղ մարդն այցելում է աղոթելու աստծուն,- նկատեց ժամանակը:
- Սա ի՞նչ կապ ունի այն մարդկանց հետ,- զարմացավ Սաին:
- Ցավոք, ցանկացած երևույթի մեջ մարդը շոշափում է շահը, ուստի այն չի կարող որևէ կապ ունենալ Աստծո հետ, քանի որ Աստված ստեղծել է մարդ և կին, իսկ այնտեղ կինը տղամարդ էր, իսկ տղամարդը կին, ուստի նման երևույթն օրհնողը չի կարող աստվածային լինել...

Սաին նայեց ափին, բռունցք արած սեղմեց:

- Այո՛, - ծոր տվեց ժամանակն,- այն կարծես ակամա սեղմվում է,- սլացավ առաջ:

Սաին նրա հետևից հայտնվեց իսկա, գորշ շենքերի համալիրի տանիքներից մեկին, որը բաղկացած էր տասնյակ ելք ու մուտքերից:

- Ահա որտեղից է ծնունդ առնում մահը՝ արհեստական, արագացված մահը, այն ոչ մի կապ չունի բնության և ինձ հետ: Մարդը, քմահաճ մարդը խաղ է անում վերուստ պարգևած սեփական վայրկյանների հետ, որը նրան անսպառ է թվում:
- Ինչպե՞ս է այն կոչվում, - ուշադիր նայելով շուրջը՝ հարցրեց Սաին:
- Այստեղ, ներսում մարդը զենք է արտադրում, որից սկիզբ է առնում այն ծովի կարմրող ջուրը, այն ավիրվող քաղաքները, այն անվերջանալի մարդկային քարավանը,- բացատրեց ժամանակը:
- Այո,- ավելի մտահոգվեց Սաին,- մի դեպքում մարդը սպանում է մարդուն, իսկ մի այլ դեպքում նույն մարդը հիվանդանոցներ է կառուցում՝ կառչելով կյանքից՝ սնոտիապաշտորեն հետևելով բժշկի ցուցումներին:
- Ցավոք գոյություն ունի «պատճառ» հասկացությունը, որը շատ դեպքերում արդարացնում է սպանողին, զենք արդադրողին, այն իրացնողին, մեղք գործողին, այդ ամբողջը հանգում է մեկ ելքի,- անսպասելի Սաիի համար՝ ժամանակը սլացավ առաջ:

Նա մնաց կախված օդից

- Մենք չենք կարող ավելի մոտենալ:
- Ինչու՞:

- Այնտեղ, ներքևում այլևս չկան կանգուն շենքեր,- պատասխանեց ժամանակը՝ ձեռքով ցույց տալով հողին հավասարված քաղաքը:
- Ինչո՞ւ է այսպես, ի՞նչ է պատահել, այստեղ նույնպե՞ս պատերազմ է...
- Սա այն ելքն է, որի մասին քիչ առաջ շեշտեցի,- պատասխանեց ժամանակը,- այն ելք է պատերազմով, նման ելքն այսօր ամենուր է, քանի որ պատճառը միակ անվճար զենքն է, որով ամեն միջոց ծախսվում է իսկական զենք ձեռք բերելու: Այսօր հզոր զինված բանակով որքան երկրներ կան, որոնց բնիկները դատապարտված են սովամահության:

Սաին ակամա հիշեց կարմիր անապատի շալակատար Նանուին, լուռ գլուխը կախեց, աննկատ մաքրեց աչքերը:

- Այս բազում խնդիրների լուծման համար ի՞նչն է պակասում:

Սաին ընկավ մտքերի մեջ, ապա անվստահ շշնջաց

- Գուցե միասնությու՞նը:
- Այո, միտքդ իմաստուն է: Մեկ բառ, որով կարելի է լուծում տալ այնքան բարդ խնդիրներին, միաժամանակ որքա՛ն անհնարին,- ափսոսանքով ծոր տվեց ժամանակը:
- Ինչու՞ հնարավոր չէ...

- Գուցե մարդը կարողացել է իր կամքին ենթարկել ցանկացած գազանի, անգամ սավառնել երկնքում, սուզվել անհատակ օվկիանոսի ծալքերը, սակայն հավերժ պատանդ է սեփական եսին, որին հետևում է պառակտումը: Ահա՛, թե ինչու է անհնարին: Դու կարո՞ղ ես ստեղծել համամարդկային միասնություն:

Ժամանակի տված հարցից Սաին կուչ եկավ:

- Իհարկե կփորձես, բայց չես կարողանա,- սեփական հարցին պատասխանեց ինքը՝ ժամանակը:
- Ինչու՞ չեմ կարող, իսկ մարդասերնե՞րը, չէ՞ որ նրանք փորձում են կանխել այդ ամենը:
- Ցավոք, միայն փորձում են, իսկ փորձը մի բան է, այն իրականություն դարձնելը՝ այլ բան: Բոլոր ժամանակներում էլ լինում են մարդասերներ, սակայն նրանք մարդու իրավունքը պաշտպանելուց զատ, ուրիշ ոչինչ չեն կարողանում անել:
- Ինչու՞,- տխուր հարցրեց Սաին:
- Պարզապես նրանք անզոր են այն շղթայի դեմ, որով անցանք մենք:
- Արևի երկրում էլ նույն պատկերներն էին,- նկատեց Սաին:
- Որտեղ էլ լինես, այսօր նույն խնդիրներն են, քանզի ոչ ոք չի կարող մյուսին պարտադրել անելու այն, ինչը չի ցանկանում անել ինքը:

***

Օրեցօր եղյամը լափում էր հին աշխարհը՝ իր գույնը պարտադրելով շուրջ բոլորը: Վաղ ծեգին Մարկոսը դուրս եկավ բակ, երբ օրը դեռ չէր կապտել: Նա զարմացած նայեց շուրջը:

- Մի՞թե արդեն,- հարց տվեց ինքն իրեն, կռացավ շոշափեց սպիտակած գետինը,- եղյամ է,- մտահոգված արտաբերեց, ապա ձայն տվեց,- Մալե՛:
- Այո՛, հրամանատա՛ր,- երևաց երիտասարդ զինվորականը:
- Պատրաստի՛ր խումբը, պետք է անհապաղ քաղաք գնալ:
- Այո՛, հրամանատա՛ր,- պատրաստակամ պատասխանեց նա, արագ ներս անցավ:

Մարկոսն այնքան ժամանակ սպասեց դրսում, մինչև խումբը շարժվեց: Նա ծածկեց գլուխը, հետևեց նրանց: Նրանք դեռ նոր էին մտել ծառուղի, երբ հակառակ ծայրից նշմարվեցին մարդկային անորոշ կերպարանքներ:

- Կա՛նգ առեք,- հրամայեց Մարկոսը:

Զինվորները կանգ առան, զենքերն ուղղեցին առաջ:

- Մենք ենք, մի՛ կրակեք,- լսվեց գիտնականի ձայնը:

Մարկոսն ընդառաջ գնաց:

- Ի՞նչ է պատահել, այսքան վաղ ի՞նչ եք անում այս լքված վայրում,- զարմացավ նա:
- Աղամանդի մարդիկ ներխուժեցին իմ տուն, փորձեցին սպանել մեզ, բայց մի կերպ կարողացանք փախչել: Ողջ գիշերը քայլել ենք՝ հաճախ թաքնվելով,- լացակումած պատմեց Աբզարը:

Մարկոսը նայեց կապտող հորիզոնին, ապա ձայն տվեց.

- Մալե՛:
- Այո՛, հրամանատա՛ր, խմբից անջատվեց, առաջ եկավ նա:
- Քաղաք կգնանք ավելի ուշ: Նրանք մեր օգնության կարիքն ունեն: Հո՛գ տար նրանց մասին:
- Այո՛, հրամանատա՛ր,- պատասխանեց նա, գիրկն առավ հոգնած ու կիսաքուն Միկիին, իսկ Վերին իրեն հենեց Աբզարին՝ ազատելով Վիվիին հորն օգնելու դժվարին պարտականությունից:
- Ի՞նչ է պատահել, Աբզա՛ր, ինչու՞ ես կաղում,- նկատելով հարցրեց Մարկոսը:
- Փախչելու ժամանակ նրանք վիրավորեցին ինձ:
- Աղամանդը վեր է ածվում իսկական բռնապետի,- վրդովվեց Մարկոսը:
- Նա միշտ է այդպիսին եղել, իսկ հիմա չի հանգստանում այն պահեստայիններին և Կանաչ աչքին կորցնելու պատճառով:

- Կարծում եմ՝ նրանք երբեք էլ նրան պատկանելիս չեն եղել, պարզապես նա այդպես է ցանկացել, իսկ ցանկությունը հաճախ նրան իրական է թվում,- նկատեց Մարկոսը:
- Այո,- տնքալով ոտքի ցավից, պատասխանեց Աբգարը:

Երբ նրանք բակ մտան, Մարկոսը մի հայացք գցեց հեռուն, ապա իր հետևից ծածկեց դուռը:

Օրերը շաբաթներ դարձան, գլորվեցին: Գիտնականի վերքը համարյա լավացել էր: Նրան կարելի էր հաճախ տեսնել Մարկոսի հետ երկար զրույցի բռնված, մերթ արահետով քայլելիս, մերթ նստած հսկա ծառերի տակ՝ նստարանին և համարյա միշտ կուչ եկած սպիտակ սառնությունից: Եղյամը մի տեսակ դարձել էր թափանցիկ: Երբեմն սպիտակ շղարշի միջից տեսանելի էին լինում արևի շողերը: Միկին միայնակ վազվզում էր դրսում՝ փորձելով բռնել արևի արձակած ժլատ շողերը, բայց նրանք միայն վայրկյաններ էին երևում բակում և նորից անհետանում: Նա երկար սպասեց շողքի հայտնվելուն: Հետզհետե, կարծես արևը, տղայի հետ խաղալով, շողերը երկարեց, հասավ ծառուղի: Այն մեկ հայտնվում էր արահետի սկզբին, մեկ վերջին: Միկին չարաճճի ծիծաղով սկսեց վազվզել շողքի հետևից, իսկ Վերին հիացած հետևում էր նրան: Երբ տղան շատ հեռացավ բակից, նա ձայն տվեց

- Միկի՛, հեռու չգնա՛ս, ե՛տ արի,- բայց տղան շարունակում էր վազել՝ բարձր ծիծաղով, փորձելով բռնել խաղացող շողքը:
- Միկի՛, ո՞ւր ես,- բակ դուրս եկավ Վիվին:
- Նա այնտեղ է, խաղում է,- պատասխանեց Վերին:

Վիվին ներս մտավ: Երբ Վերին նորից նայեց ծառուղուն, տղան չերևաց: Նա վազեց այն կողմ, բայց նա այնտեղ էլ չէր: Մի պահ շվարած շուրջը նայեց, սկսեց ձայն տալ ու փնտրել: Նրա ձայնից Վիվին նորից դուրս եկավ:

- Վերի՛, ի՞նչ է պատահել, որտե՞ղ է Միկին
- Նա այստեղ էր և հիմա չկա,- այլայլված պատասխանեց նա՝ ուսերը վեր քաշելով զարմանքից:
- Ո՛չ, միայն ոչ դա,- բացականչեց Վիվին, վազելով սկսեց փնտրել,- Միկի՛, որտե՞ղ ես,- Վիվին սկսեց լաց լինել:
- Ի՞նչ է պատահել,- նրա ձայնից դուրս եկան Մարկոսն ու Աբգարը:
- Տղան անհետացել է, կարծես գետնի տակն անցավ, այստեղ էր և հանկարծ անհետացավ,- բացատրեց Վերին՝ ոչ պակաս անհանգստացած:
- Ինչպե՞ս՝ անհետացել է,- զարմացավ Մարկոսը:
- Ա՛յ քեզ փորձանք,- ծոր տվեց Աբգարը, շտապեց միանալ աղջկան:

Մարկոսն ու Վերին նույնպես սկսեցին փնտրել տղային: Անցան ժամեր: Տիրող լռությունն անսովոր թվաց: Մալեն դուրս եկավ բակ:

- Վերի՛,- կանչեց նա,- տեսնելով պատասխան չկա՝ ներս մտավ սրահ,- հրամանատա՛ր,- դարձյալ ոչ ոք չպատասխանեց:
- Ի՞նչ է պատահել,- մոտենալով, հարցրեց Սալմանը:
- Ի՞նչ կա, Մալե՛,- նրանց միացավ նաև զինվորներից ամենակրտսերը՝ Ասլանը:
- Որտե՞ղ է հրամանատարը, ինչու՞ ոչ ոք չի երևում,- անհանգստացած հարցրեց Մալեն:
- Ես նրանց ծառերի արանքում եմ տեսել,- պատասխանեց Ասլանը՝ ձեռքով ցույց տալով դեպի ծառուղին:

Մալեն շտապեց այն կողմ, նրան հետևեցին մյուսները, սկսեցին փնտրել, միաժամանակ ձայն տալ՝ հերթով կանչելով բոլորի անունները:

- Կարծում եմ՝ նրանց առևանգել են,- ասաց Ասլանը, կռացավ գետնից վերցրեց ճմրթված թղթի կտորը, ուզեց այն բացել, Մալեն խլեց նրա ձեռքից:
- Մեզ առևանգել են,- դժվարությամբ կարդաց նա,- Այո՛, իսկապես առևանգել են- ծոր տվեց, ապա նորից այն ճմրթեց, դեն շպրտեց:
- Ի՞նչ պետք է անենք,- վհատված հարցրեց Սալմանը:

- Ի՞նչ կարող ենք անել,- տարակուսած ուսերը վեր քաշեց Մալեն, գլխահակ քայլեց դեպի բակ:
- Ինչ էլ ձեռնարկենք Աղամանդին չենք հաղթի, կստացվի՝ անտեղի զոհ կտանք,- ավելացրեց Սալմանը:
- Եվ ի՞նչ, քո կարծիքով պետք է ձեռքներս ծալած նստե՞նք,- վրդովվեց Մալեն, ապա շարունակեց ավելի հանգիստ,- Ո՛չ, մենք ամեն գնով հրամանատարին պետք է ազատենք:
- Ինչպե՞ս, մենք բոլորս հերթով կանհետանանք,- տարակուսած պատասխանեց Սալմանը՝ տարածելով ձեռքերը:
- Քո կարծիքով պետք է անտարբեր նստենք ու սպասե՞նք, մինչև գա նաև մե՞ր հերթը: Լավ չէ՞՝ պայքարելով մեռնենք: Եթե մենք մնանք անտարբեր դիտորդի դերում, Սաին մեզ չի ների և, ընդհանրապես, անտարբերությունը չի ներվում,- բորբոքվեց Մալեն:
- Այո՛, ես նույնպես այլընտրանք չեմ տեսնում՝ այս բարդ խնդիրը լուծելու,- խոսակցությանը խառնվեց Սալմանը, առաջ գալով թևերը խաչեց կրծքին, մնաց ճամփամիջում կանգնած, քիչ հետո ավելացրեց,- ես միանում եմ Մալեին:

Սալմանը նույնպես մոտեցավ, կանգնեց Մալեի կողքին: Մալեն տխուր ժպտաց: Քիչ անց ուղղաթիռները հռնդյունով օդ բարձրացան: Միայնակ տունը թաղվեց եղյամի մեջ:

***

Սովորության համաձայն Ադամանդը դիտում էր դիտարանից եռյամապատ մեգապոլիսին, երբեմն մրմնջում էր անհասկանալի բառեր՝ միաժամանակ չմոռանալով շոյել փարթամ միրուքը: Դիտարան մտավ պրոֆեսորը՝ լայնեզր, սև գլխարկով, հայացքի տակից բազմանշանակ նայեց Ադամանդին:

- Ձեզ չի՞ ձանձրացրել այս խաժամուժը, որին Դուք քաղաքացիներ եք անվանում և ամեն օր նրանցով հիանում այս ամբիոնից:
- Իսկ Դուք այլընտրանք ունե՞ք, չէ՞ որ նրանք են պահպանում իմ անդորրը, կարծում եմ՝ նաև Ձեր, որքան էլ՝ խաժամուժ համարեք նրանց...
- Այսօր ի՞նչը կարող է խախտել Ձեր անդորրը կամ ո՞վ, եթե Կանաչ աչքն անհետացել է, իսկ Մարկոսը մութ գնդանում է՝ գիտնականի ընկերակցությամբ, որի հետ, կարծում եմ՝ այնքան էլ արդարացի չվարվեցիք:
- Այդ ամենն անում եմ անվտանգությունից ելնելով, իսկ այն երբեք էլ ավելորդ չէ: Այ եթե համոզվեմ՝ Կանաչ աչքը գոյություն չունի, այն ժամանակ կմտածեմ այդ խաժամուժի վերացման մասին, իսկ դրանից հեշտ բան չկա:
- Այո՛,- մտածմունքի մեջ ընկավ պրոֆեսորը,- ոչ մի հաղթանակ, անգամ գլխապտույտ հաջողությունը չի թուլացնում Ձեր զգոնությունը:

- Ավելի հեշտ է ձեռք բերել հաղթանակը, քան այն պահելը, այնպես որ արժե մի-մի գավաթ ըմպել հենց այդ առիթով,- պատասխանեց Աղամանդը, ներս մտավ, նրան հետևեց Բենը՝ գլխարկն առաջ դնելով:
- Բե՛ն, ես հարուստ եմ, հզոր, որքան էլ՝ ժամանակին կարծում էի՝ այս պատերազմում հաղթողներ և պարտվողներ չեն լինի: Փաստորեն, հաղթեցի՝ ճզմելով բոլորին,- ինքնավստահ սկսեց նա՝ գինով գավաթը մեկնելով պրոֆեսորին:
- Իսկ երջանի՞կ եք:

Անսպասելի հնչած հարցից նա գավաթը ձեռքին մնաց կանգնած՝ ուղիղ նայելով պրոֆեսորին:

- Այո՛, այո՛, Դուք երջանի՞կ եք,- հարցը կրկնեց նա՝ իր հերթին ուղիղ նրա աչքերին նայելով:
- Ձեր կարծիքով ի՞նչ է երջանկությունը, մի՞թե իմ ձեռքբերումները չեն հուշում Ձեզ իմ երջանկության մասին,- անակնկալի եկած՝ կարողացավ այսպես պատասխանել:
- Եվ այդ ձեռքբերումներով ու՞մ հետ եք կիսվում:
- Ոչ ոքի:
- Ահա՛, Ձեր պատասխանը՝ ոչ ոքի: Պարզվում է՝ երջանկության տեղը դատարկ է: Ամենամեծ հաղթանակն անգամ անզոր է երջանկացնել մարդուն, եթե նա չունի մեկը, որի հետ կկարողանա կիսվել այդ հաղթանակի ուրախությամբ,- նկատեց Բենը:

- Ես այն ձեռք կբերեմ, կարծում եմ՝ այնքան էլ թանկ չէ:
- Այն չի վաճառվում,- ծիծաղեց պրոֆեսորը,- իսկ Ձեր դեպքում...,-պրոֆեսորը, միտքը կիսատ, լռեց, որից Ադամանդի դեմքն այլայլվեց, ապա հոխորտաց.
- Իմ դեպքում՝ ի՞նչ և ինչու՞, գրող տանի:

Հայտնվեց սատանան:

- Այո, տե՛ր իմ, հրամանքդ, երկար ժամանակ է՝ ինձ չես հիշում,- խորը գլուխ տվեց նա:
- Ես հարուստ եմ, իմ հաղթանակը փայլուն է:
- Գիտեմ, այդ ամենով ինձ ես պարտական:
Ուզում եմ նաև երջանիկ լինել:
- Օ՜, կան ցանկություններ, որում ամենակարող անձս անգամ անզոր է: Այո, այն, ինչ ձեռք ես բերել, հեռու է երջանկությունից, սակայն ես ոչինչ անել չեմ կարող: Քո ագահությունը հաճախ լափում է քո մարդ-էությունը, որն, իհարկե, իմ ձեռքբերումն է, և դու այն վերագրում ես հաղթանակի կամ հաջողության: Ագահը չի կարող երջանիկ լինել:
- Ես ագահ չեմ: Ճիշտ ժամանակին, ճիշտ տեղում, ահա՛ իմ հաջողության գրավականը: Հարկ չկա՝ իմ հնարամտությունները վերագրել քեզ:
- Բավարարվի՛ր ունեցածով և գուցե երջանիկ լինես, հակառակ դեպքում այդ ցանկությունից թող օգտվեն մյուսները:

- Ինչպե՞ս, ինձ համար կա՞ անհնարին որևէ բան,- ակամա ձայնը բարձրացրեց Աղամանդը:
- Ասում են՝ անհնարին ոչինչ չկա, բայց անհնարինն է մարդուն ստիպում ենթարկվել: Եթե դու քեզ համարում ես ամենակարող, ապա մշտապես քո ներքին ձայնը խոսել է ինձ հետ, ահա որտեղից է թվացյալ անհնարինը: Եթե կա անհնարինն, ապա դա ինձ համար է և ոչ հասարակ մահկանացուի:
- Ե՞ս՝ հասարակ մահկանացու՞,- հարցի հետ հոխորտաց Աղամանդը, Բենը քմծիծաղ տվեց:
- Այո՛, եթե գոյություն չունենա մարդու ինքնամեծարումը, իրականում բոլորն էլ հասարակ մահկանացուներ են, պարզապես կան մարդիկ, որոնց տրվում է երջանկության պահը, կրկնում եմ պահը: Այս պահին քո զնդանի մարդիկ ավելի երջանիկ են, քան դու,- շարունակեց սատանան:
- Ինչպե՞ս, դու զտե՞լ ես նրանց
- Մարդը չի կարող ինձանից գաղտնիք ունենալ, որքան էլ ցանկանա,- ժպտաց սատանան, նրա ժանտ ժպիտից պրոֆեսորն զգաստացավ:
- Քո խոսքերն անհիմն են, ինչպե՞ս կարող են խավարում նրանք երջանիկ լինել,- չարախնդաց Աղամանդը:
- Որքան էլ այն հակասում է իմ սատանայական սկզբունքներին, կհասկանաս շատ ուշացած, երբ եղյամը առաջին ճաքը կտա...

- Չքվի՛ր աչքիցս, անպատկա՛ռ, այլևս չերևա՛ս,- բղավեց Ադամանդն՝ իրեն կորցրած:
- Այսուհետ դու ավելի հաճախ կզգաս իմ կարիքը,- պատասխանեց Սատանան, անհետացավ:
- Տեսնում եմ՝ սատանան ավելի զթասիրտ է,- փորձեց կատակել Բենը:
- Բարությունն իմ ոճը չէ, այն հաճախ ակնհայտ է դարձնում դիմացինի երախտամոռությունը, իսկ ես տանել չեմ կարողանում ձևական բարությունը:

Այսօր նա մի տեսակ իրեն նման չէր,- հանգիստ տոնով շարունակեց Ադամանդը, մոտեցավ նայեց հայելու մեջ, ձեռքը դանդաղ մոտեցրեց, պոկեց ճերմակ մազերից մեկը,- որքան անարդար է կյանքը, հարուստն էլ աղքատի հետ միասին ծերանում է:

- Կարծում եմ՝ ոչ այնքան կյանքը, որքան վազող ժամանակը,- նկատեց Բենը՝ հանգիստ մի կում անելով գինուց:
- Ժամանակը չի կարող արդար կամ անարդար լինել, պարզապես այն անցնում է մեր միջով,- մի պահ լռեց, հարցրեց,- թե՞ մենք նրա միջով՝ ծերանալու դեպքում միևնույն է, թե ով ում միջով,- ձեռքը թափահարելով՝ շարունակեց Ադամանդը, նայեց Բենին,- այդպես է, չէ՞, պրոֆեսո՛ր...
- Գուցե:
- Այո՛, գուցե,- կիսաձայն շշնջաց նա, նորից նայեց հայելուն, ուղղեց չալման,- նա է իմ երջանկության

բանալին...,- հազիվ լսելի շարունակեց նա՝ կարծես խոսելով ինքն իր հետ:

Պրոֆեսորը զարմացած նստած տեղից կանգնեց.

- Ու՞մ մասին է խոսքը:
- Նրա, ես կտիրանամ նրան: Նաթին իմը կլինի,- խոսքի հետ շրջվեց դեմքով դեպի Բենը, նայեց նրա աչքերի մեջ:

Պրոֆեսորը բաժակը վայր դրեց:

- Ես պետք է գնամ:
- Ինչու՞ այդպես հանկարծ որոշեցիք, գո՞րծ ունեք:
- Այո՛, և անհետաձգելի,- խորամանկ ժպտաց Բենը, դիմեց դեպի դուռը:

Ադամանդը հայացքով ուղեկցեց նրան, ապա նորից նայեց հայելու մեջ, մատը դրեց շրթունքին, խուլ շշնջաց. «Ես անզգույշ գտնվեցի, նա թույլ չի տա»,- նորից շոյեց միրուքը, -«կարծում եմ՝ ճերմակ մազերը միայն գեղեցկացնում են տղամարդուն»,- նա հայացքը սևեռեց շողացող ադամանդին,- «եթե ոչ ես, ապա այս անգին քարը նրան կնվաճի»,- շշնջաց նա, մատներով համբույր դրոշմեց ճակատին շողացող քարին...

***

Ժամանակն առաջ սլացավ՝ հետևում թողնելով ավերակներն, աղմուկն ու պայթյունները: Սաին, հետևելով նրան, նորից հայտնվեց հին ու նորն իրար խառնված աշխարհում:

- Ահա՛, մենք նորից վերադարձանք անցյալ,- խոսեց ժամանակը:

Սաին նայեց զառամյալ ծերունուն՝ աշխատելով թաքցնել զարմանքը:

- Տեսնում եմ՝ դու շարունակում ես զարմանալ, սակայն հարկ չկա: Ես անցյալն եմ: Ահա՛, նայի՛ր շուրջդ:

Սաին նայեց համատարած մոխրին, կռացավ շոշափեց այն:

- Այն կարծր է, ինչպես քարը, իսկ ես կարծեցի՝ փոշի է:
- Այն իսկապես փոշի է, որով, դարեր առաջ ժայթքած, հզոր հրաբուխը ծածկել է իր ժամանակի այս մեծ քաղաքը:
- Այս քաղաքում ամենուր կավե արձաններ են, որքան զարգացած է եղել արվեստը:
- Գուցե արվեստը ևս զարգացած է եղել, սակայն նրանք արձաններ չեն, այլ այս քաղաքի բնակիչներն են, որոնք ծածկվել են հաստ մոխրի շերտով, իսկ դարերի ընթացքում այն կարծրացել է՝ նմանվելով կավի: Ահա՛, ով է մարդը բնության տարերքի և ժամանակի դեմ,- նա մի պահ լռեց, պատասխանեց ինքն իրեն,- Ոչ ոք,- գլուխը տարուբերեց ժամանակը, սլացավ առաջ:

Սաին մի պահ մնաց կանգնած, ապա ծերունու հետևից հայտնվեց կլոր սրահում:

- Ամեն ինչ և յուրաքանչյուրն անցնում են իմ միջով,- շարունակեց ծերունին,- ես ընթացքն եմ պատերազմի և խաղաղության, մանկության և պատանեկության, երիտասարդության և ծերության: Ես կանգառ չունեմ, վա՛յ այն անմիտին, որը կանգառ կփնտրի իմ ընթացքի մեջ,- խոսքն ավարտելով՝ նա բազմեց աթոռին՝ կերպարանափոխվելով երիտասարդի,- անմար հուրից քեզ մնաց երեք կաթիլ:
- Երկու,- միջամտեց Սաին:
- Երեք՝ արահետը վերանալով, կաթիլը ետ վերադարձավ,- բացատրեց ժամանակը,- սակայն այնտեղ, որտեղ դու վերադառնում ես, երեք հազար կաթիլն անգամ անզոր կլինի վերափոխել իմն ու քոնն արած մարդուն, որը, որպես ինքնահավան, հավերժի հույսով, բնության ավերակների վրա դղյակներ է կառուցում,- խոսքն ավարտելուց հետո ժամանակը տեղից վեր կացավ, մոտեցավ Սաիին:- Ահա՛, վերցրու՛ այս փոքրիկ թալիսմանը, այն քեզ կտանի քո աշխարհ,- ասաց նա, նրա ափի մեջ դրեց մի փոքրիկ սլաք:

Սաին փակեց ափը, ուզեց նայել երիտասարդին, բայց թվաց՝ կամքին հակառակ, անտես մի ուժ նրան վեր հրեց կանգնած տեղից: Երբ նորից ոտքն առավ գետնին, նայեց շուրջն՝ ամենուր սպիտակին էր տալիս եղյամը, որը տեղ-տեղ նմանվում էր կուտակված ձյան փաթիլի: Սաին նայեց վեր, երևաց Աղամանդի պատկերը կրող սպիտակ դրոշը:

***

«Ես վերադարձա»,- շշնջաց նա, բացեց ափը: Սլաքը փոքրանալով՝ սկսեց անհետանալ,- «Շնորհակալ եմ»,- շշնջաց նա, երբ այն լիովին չքացավ:

Բարձրացավ ուժգին քամի, քամու հետ սկսեցին օդում պարել ավազախառը տերևները: Սաին փորձեց գետնից կտրվել, բայց, լսելով իր անունը, մնաց տեղում: Քամին դադարեց:

- Կանա՛չ աչք, դարձյա՞լ դու, չե՞ս կարծում՝ այս անգամ շատ ես ուշացել:

Նա վեր նայեց, տեսավ բաց պատշգամբին կանգնած Աղամանդին՝ ձյունաճերմակ չալմայով, որի վրա ինչպես միշտ շողում էր խոշոր ադամանդը:

- Թեկուզ ուշացած, կարևորը՝ կարողացա հայտնվել,- պատասխանեց Սաին, հայտնվեց դրոշի մոտ, բացեց ափը, նայեց անմար կրակին, ապա դրոշի պատկերին, այնուհետ նայեց հեռուն:

Ափսոսանքով նորից ամուր փակեց այն՝ դարձնելով բռունցք:

- Ի՞նչ ես մտորում, Կանա՛չ աչք: Եթե փորձում ես պատռել դրոշը, դրանով ցույց կտաս քո անզորությունը, իսկ եթե այլ նպատակ է հետապնդում քո միտքը, անմիտ է՝ ես վաղուց տիրում եմ այս քաղաքին: Կա՛մ ծառայիր ինձ, կա՛մ հեռացիր ասպարեզից, ինչպես դա արել է քո սիրելի մարդասերը,- ինքնավստահ շարունակեց Աղամանդը:
- Այո՛, Աղամա՛նդ, ուստի չեմ պատռի այս խզմզված դրոշը, պարզապես իմ ներկայությունը Ձեզ միշտ կանհանգստացնի, քանզի շատ կցանկանար իմանալ այն նպատակը, որը հետապնդում է իմ միտքը, իսկ ծառայել Ձեզ... ավելի գթասիրտ կլինեմ, եթե ծառայեմ սատանային,- պատասխանեց Սաին, հայտնվեց դիմացի երկնաքերի տանիքին:

Նա բարձրից նայեց քաղաքին՝ այն ամբողջովին սպիտակ էր հագել: Նստեց նայեց ներքև, որտեղից լսվում էր աղմուկը: Երևացող ռոբոտ-զինվորների խումբը դիմադրում էր ուրվականներին, որոնք, հաճախ մասնատվելով սղոցներից, ցրիվ էին գալիս, ինչպես միշտ, մի պահ հետո հավաքվելով, նորից ոտքի կանգնում:

Հեռվից երևացին ուղղաթիռները:

- Մալե՛,- շշնջաց Սաին:

Առաջին ուղղաթիռից երևաց Մալեն: Սաին ուրախացած ցած սլացավ, ընդառաջ գնաց նրան:

- Բարեկա՛մ, որքա՛ն երկար ենք սպասել քո վերադարձին,- գոչեց Մալեն, վազեց դեպի Սաին:
- Այո՛, վերադարձա, բայց ես ոչինչ անել չէի կարող՝ ավելի վաղ վերադառնալու,- ափսոսանքով ասաց Սաին,- իսկ որտե՞ղ է Մարկոսը:

- Նա և մյուսները զնդանում են՝ Աղամանդի հրամանով,- տխուր պատասխանեց Մալեն,- Ես ուրիշ ելք չունեմ՝ հրամանատարին օգնելու, բացի նրա ռոբոտ-զինվորների հետ պայքարելուց, իսկ դա ոչինչ է, եթե նրանք չեն մեռնում զնդակից:
- Աղամա՞նդը,- ցասումով արտաբերեց նա, նայեց դրոշին,- նրանք որտե՞ղ են:
- Չգիտեմ, անգամ չգիտեմ՝ ո՞ղջ են արդյոք,- Մալեն մնաց գլխահակ կանգնած:
- Քեզ մեղավոր մի զգա, ես էլ նույնը կանեի, շնորհակալ եմ, չէ՞ որ դու պայքարում ես,- նրա ուսին թմփթմփացնելով՝ քաջալերեց Սաին:

Բանակը շարվեց, Մալեն Սաիի հետ մոտեցավ նրանց

- Դե ի՞նչ, փրկելու՞ ենք հրամանատարին,- ոգևորվեց Մալեն:
- Այո՛, սակայն հարկ չկար այսքան շատ զինվոր դուրս բերել, ինքս կգնամ նրանց հետևից:

- Դու դեռ չէիր վերադարձել, երբ ես զինվորներին դուրս էի բերում,-բացատրեց Մալեն:
- Լա՜վ, քայլդ ողջունելի է, առա՛ջ,- գոչեց Սաին՝ ինքն էլ ընթանալով առաջ,- Մալե՛,- նորից վերադարձավ նա:
- Այո՛:
- Իմ եղբայրը նույնպե՞ս այնտեղ է:
- Այո՛, Վերին, Վիվին նույնպես:
- Օ՜, իմ հարազատները՝ յուրաքանչյուրը միակը,- մեծ կարոտով արտաբերեց նա,- ինքս նրանց կազատեմ, իսկ զինվորները թո՛ղ մաքրեն քաղաքը: Ես Աղամանդին կոչնչացնեմ:
- Այո՛, Կանա՛չ աչք,- ավելի ոգևորվեց Մալեն:

Սաին հայտնվեց Աղամանդի պատկերը կրող դրոշի մոտ: Բացեց ափը, կրակը բոցկլտաց, նորից փակեց այն, սլացավ ցած, կանգնեց դիտարանի բաց պատշգամբին:

- Աղամա՛նդ,- ձայն տվեց նա:
- Ի՞նչ կա, Կանա՛չ աչք, վերջապես որոշեցի՞ր ծառայել իմ գաղափարին, վերադարձա՞ր,- երևալով խոսեց Աղամանդը:
- Բա՛ց թողեք Մարկոսին և մյուսներին, այլապես իմ հետագա քայլի համար ստիպված կլինեք պատասխան տալ ինքներդ, որքան էլ տարօրինակ հնչեն իմ խոսքերը:
- Ի՞նչ կարող ես անել: Խոսքով սպառնացողներն ավելի անվնաս են, քան անձրևի որոտը: Եթե

կարող ես, փորձիր: Իմ ռոբոտ-զինվորները կոչնչացնեն քո մի բուռ յուրայիններին,- ինքնավստահ պատասխանեց նա:

- Իսկ Դուք մի՛ ծուլացեք, մոտեցե՛ք նայե՛ք ներքև, գուցե Ձեր կարծիքը փոխվի՞ իմ մի բուռ յուրայինների առումով,- պատասխանեց Սահին, նորից հայտնվեց դրոշի մոտ:

Աղամանդը կախվեց պատշգամբից: Նա այնտեղից տեսավ Մարկոսի զինվորներին՝ Մալեի գլխավորությամբ, որոնք համարյա չէին տարբերվում ռոբոտ-զինվորներից:

- Որտեղի՞ց հայտնվեցին նրանք,- կարծես չհավատալով աչքերին՝ ավելի առաջ թեքվեց,- նրանք այսքան շատ չէին: Նրանք իմ պահեստայիններն են: Իմ զինվորներն իմ դե՞մ,- գլխի ընկնելով բղավեց իրեն կորցրած Աղամանդը:
- Դե ի՞նչ, ազա՛տ արձակեք նրանց,- դիմեց Սահին, նորից հայտնվեց դրոշի տակ:
- Ո՛չ, թո՛ղ պայքարեն, եթե հաղթեն այդ զինվորները, բնականաբար, մարդասերն էլ ազատության մեջ կհայտնվի,- առարկեց նա:
- Բարի, հակառակ դեպքում խոսք եմ տալիս՝ Ձեր գլուխը կծխա փողոցների մոխրակույտերից մեկում,- պատասխանեց Սահին, սլացավ ներքև:
- Մալե՛,- տեսնելով ձայն տվեց նա, միացավ նրան:

Այդ պահին նրանց դեմ դուրս եկավ սև դիմակավորների մի ստվար խումբ՝ յուրաքանչյուրը ճոճելով սղոց-ձեռքը, իսկ նրանց իրենց հերթին շրջապատեցին զինվորները՝ կրակի տարափ տեղալով: Երբ նրանցից յուրաքանչյուրը ամեն անգամ նորից ոտքի էր կանգնում, Մալեն հուսահատ բացականչում էր:

- Նրանք սարսափելի՛ են,- և ավելի նահանջում:
- Սարսափելի ոչինչ չկա,- պատասխանեց Սաին, Մալեին առավ, միասին հայտնվեցին մոտակա տանիքին:

Նրան թողեց այնտեղ, ինքը սկսեց վազել, վազքի հետ բարձրացավ ուժգին քամի, քամու հետ օդ բարձրացան ավազախառը տերևները: Սաիի աչքերից արձակված շանթն անցավ ռոբոտ-զինվորների միջով: Նրանցից սկսեց ծուխ բարձրանալ, բայց նորից ոտքի կանգնեցին, շարունակեցին հետևել զինվորներին:

- Հա՛, հա՛, հա՛, հաղթում է ուժեղագույնը,- ուրախացավ Աղամանդը՝ պատշգամբից դիտելով

Սաին տխրեց, բացեց ափը, նայեց անմար կրակին, կարծես նրա գլխում նոր միտք ծագեց, նա ժպտաց, փակեց այն, վեր սլացավ, որտեղից տեսավ ծխապատ փողոցներում կռվող երկու ուժերի բախումից առաջացող անտանելի աղմուկն ու շաչյունը: Երկու կողմն էլ անզոր էր հաղթելու, իսկ պարտությանը ոչ մի կողմին մոտիկ չէր: Սաին անհետացավ տեսադաշտից, անսպասելիորեն նորից հայտնվեց, խլեց Մալեին, սլացավ վեր:

***

Երկար բացակայությունից հետո միայնակ տունն ավելի լքված թվաց երկու երիտասարդներին: Նրանք մի պահ մնացին կանգնած եղյամապատ բակում, հետո Սաին մտավ այգի:

- Սաի՛, օգնի՛ր,- հանկարծ լսվեց բակից, նա ետ վազեց. ճերմակ սիրամարգը հարձակվել էր Մալեի վրա:
- Նորի՞ց դու,- տեսնելով Սաին փորձեց բռնել նրան, բայց նա օդ բարձրացավ՝ իր հետ տանելով Մալեին:
- Դու չես կարող լուսավորել հորիզոնը,- կռնչաց սիրամարգը:
- Կարո՛ղ եմ:
- Ո՛չ, այլապես ես նրան կդարձնեմ այն ռոբոտ-զինվորներից մեկը:
- Բա՛ց թող նրան, այս անգամ հաղթեցիր,- համաձայնեց Սաին՝ անզորությունից ամուր սեղմելով ափը:
- Ո՛չ, Կանա՛չ աչք, մարի՛ր քո ափի անմար հուրը, և ես կհավատամ քո խոսքին,- կռնչաց սիրամարգը
- Ախ այդպե՞ս, կամակո՛ր թռչուն,- վրդովվեց Սաին, սկսեց վազել, նրա վազքի հետ բարձրացավ ուժգին

քամի, քամու հետ օդում սկսեցին պարել ավազախառը տերևները:

Նա հայտնվեց միայնակ տան տանիքին, նրա աչքերից արձակվեց շանթը՝ դիպչելով նրան: Միրամարգի փետուրները սկսեցին ծխալ:

- Իմ գեղեցիկ փետուրները,- կատաղությունից բղավեց նա:
- Մալե՛, ցա՛ծ նետվիր, այլ կերպ դու նրա հետ մոխրի կվերածվես,- ձայն տվեց Սաին:

Նա սկսեց օդից կախված կռիվ տալ թռչունի հետ: Միրամարգը կտցահարեց նրա գլուխը, Մալեն կախվեց թռչունի ոտքերից՝ մի կերպ պաշտպանվելով կատաղությունից իրեն կորցրած նրա մագիլներից:

- Սաի՛, օգնի՛ր,- նորից կանչեց նա:
- Ցա՛ծ նետվիր, ես կարող եմ սխալվել, եթե շանթահար անեմ,- գոչեց Սաին, սակայն տեսնելով Մալեն հապաղում է, նա վեր սլացավ, նրա մագիլներից ազատեց ընկերոջը, բայց երկուսն էլ դմփոցով հայտնվեցին արահետում:

Միրամարգը, փետուրները ծխալով, անհետացավ մշուշում:

- Կարևորը փրկվեցիր,- ոտքի կանգնելով ասաց Սաին, ապա ձեռքը տվեց նրան:
- Պետք է արագ գործել, նա կարող է վերադառնալ ռոբոտ-զինվորներով, եսստիպված կլինեմ այդ

հնարավորությամբ նրանց ետ քշել,- ասաց Սաին,- բացի՛ր դուռը:

Մալեն ոտքի կանգնեց, վազեց դեպի դուռը: Հանկարծ նրանց շուրջը լուսավորվեց, նրանք վեր նայեցին: Երևաց լուսատու ուրվականների բանակը:

- Մենք կորած ենք,- մռռացած դուռը բացելը՝ շշնջաց նա՝ հայացքը սևեռած նրանց կողմը:
- Բացի՛ր դուռը, շտապի՛ր,- բղավեց Սաին:

Մալեն ակամա բանալին արագ պտտեց կողպեքի մեջ: Նրանք ներս ընկան:

- Միայն մի քանի վայրկյան պահի՛ր դուռը,- հորդորեց Սաին, շտապեց դեպի հանգած հորիզոնը:
- Այո՛, բարեկա՛մ,- Մալեն ներսից կողպեց դուռը,- Այստեղ ցուրտ է և մութ,- կուչ եկավ նա՝ միաժամանկ հենվելով դռանը:
- Այն այնքան սառը և մութ չէր թվա, եթե մեզ դիմավորեր տանտերը,- նկատեց Սաին:
- Այո՛, շտապի՛ր, Սաի՛, նրանք այստեղ են:

Սաին մոտեցավ, ձեռքը մեկնեց դեպի հորիզոնը, բացեց ափը, անմար կրակը բոցկլտաց, նրանից մեկ ոսկեգույն կաթիլ գլորվեց, սակայն վայր ընկնելու փոխարեն տարալուծվեց մութ հորիզոնում: Այն սկսեց շառագունել, այնուհետև երևաց արևը, նրանից ցրիվ եկան ոսկեգույն շողերը՝ սրահը լցնելով լույսով:

Մալեն մոռացած, թե ինչի համար էր հենվել դռանը, երանությամբ բացականչեց.

- Լու՜յսը, մենք հաղթեցի՜նք:

Սաին դուրս եկավ բակ: Եղյամն առաջին ճաքը տվեց:

- Ո՜չ, ոչնչացնե՛լ նրանց, վերացնե՛լ լույսը,- բղավեց թռչունը:

Լուսատու ուրվականները ընթացան ցած: Սաին վեր սլացավ, հայտնվեց տանիքին, բացեց ափը, ափսոսանքով նայեց բոցկլտացող կրակին, նրանից մի կաթիլ ընկավ բակը, որտեղ իրարից ետ-առաջ ներս էին խցկվում ուրվականները: Ոսկյա կաթիլը տարալուծվեց նրանց մեջ՝ առանց գետնին ընկնելու: Ուրվականները սկսեցին վերածվել սառցե կտորների՝ թափվելով ցած: Սիրամարգը տեսնելով թևին տվեց սլացավ դեպի քաղաք:

- Մենք փրկեցինք հրամանատարին,- շարունակեց ուրախանալ Մալեն, իսկ Սաին միայն ժպտում էր՝ նայելով այդ բարեսիրտ ու երախտագետ երիտասարդին:
- Մալե՛, գնացի՛նք, մեր անելիքը դեռ առջևում է, այս սրահի լույսը պարզապես մարդասիրության և բարության խորհրդանիշն է, ինչպես ասում էր Մարկոսը,- ասաց Սաին, վեր սլացավ՝ իր հետ տանելով Մալեին:
- Միևնույն է, այն հզո՛ր է,- անվերջ կրկնում էր Մալեն:

***

Մետաղե ցանցապատ խուցը զուրկ էր որևէ հարմարավետությունից: Մարկոսն այնտեղ երկար ժամերով կուչ էր գալիս նստած:

- Մարդասե՛ր:

Լսելով նա տեղում զգաստացավ, նայեց շուրջը, կարծես խավարի մեջ փորձելով տեսնել ձայն տվողին:

- Նորից ես եմ,- շարունակեց ձայնը:
- Խոսի՛ր, լսում եմ,- շշուկով պատասխանեց Մարկոսը:
- Ահա՛, վերցրե՛ք սա, կերե՛ք, Դուք պետք է ուժեղ լինեք, որպեսզի կարողանաք այստեղից դուրս գալ:
- Այո՛, իհարկե,- պատասխանեց նա, մթության մեջ գտավ ուտելիքով ամանը,- իսկ դու կարո՞ղ ես օգնել, որպեսզի ես դուրս գամ այստեղից:
- Ցավոք, Դուք շղթայված եք, իսկ Ձեր շղթաները զամված են, ես ոչինչ անել չեմ կարող,- ափսոսանքով պատասխանեց անծանոթը, և լսվեց նրա հեռացող քայլերի ձայնը:

Մարկոսը կերավ առանց ախորժակի, նորից կուչ եկավ, սակայն ինչպես միշտ քնել չկարողացավ: Փորձեց պառկել: Հանկարծ նրա սառած մարմնով անսովոր ջերմություն անցավ: Շղթաները շարժվեցին:

Նա վեր թռավ պառկած տեղից: Ձեռքերի շղթաները թուլացան, այնուհետև աղմուկով ցած թափվեցին:

- Կանա՛չ աչք, որքա՜ն երկար եմ սպասել քո վերադարձին,- երանությամբ արտաբերեց նա, ուրախությունից երկու ձեռքով բռնեց գլուխը, ապա երկաթյա ճաղերից նայեց անորոշություն, ուր խավարից զատ ոչինչ չէր երևում:- Այս խավարը կարծես լույսից շինված լինի,- սկզբում ցածրաձայն ասաց նա, ապա սկսեց կանչել,- Աբգա՛ր,- Ոչ մի արձագանք:- Ու՞ր տարան նրան, մի՞թե միայն ես եմ ողջ,- նորից տխրեց նա, ընկավ մտքերի մեջ...

***

Մալեին թողնելով բանակի հետ՝ Սաին նորից հայտնվեց բաց պատշգամբին:

- Աղամա՛նդ,- ձայն տվեց նա:
- Դե ի՞նչ, հաղթեցի՞ր իմ անպարտելի բանակին,- երևալով հեգնեց Աղամանդը, սկսեց բարձր ծիծաղել:
- Համարեք՝ հաղթել եմ, բա՛ց թողեք Մարկոսին և մյուսներին:
- Հաղթանակը համարելով չի ծնվում, այն միանշանակ պայքարի արդյունք է, որն, իհարկե, չեմ կարող տեսնել իմ հակառակորդի կողմից:
- Դուք Ձեր պահանջով փորձում եք ավելի սրել հակամարտությունը:

- Թեկուզ, քանզի ցանկացած հակամարտությունից ես միայն զտնում եմ, թող մտածեն կործնողները, այս դեպքում՝ դու, Կանա՛չ աչք:

Սահին լքեց պատշգամբը՝ Աղամանդին թողնելով առանց պատասխանի: Նա երկնաքերի տանիքից նայեց քաղաքին, հայացքը սառեց, մի պահ այդպես մնաց, հետո շշնջաց՝ կիսատ ժպտալով.

- Պատերից ծնվում են քառակուսիներ,- բացեց ափը, փոքրիկ կրակը բոցկլտաց,- համատարած զաղջություն է, ի՞նչ կարող է անել այս մեկ կաթիլը,- նայեց դիտարանին, կարծես ակամա նրա աչքերը փայլեցին, պոկված շանթն անցավ դրոշի միջով, լսվեց Աղամանդի բղավոցը:
- Այրվում է, օգնեցե՜ք

Սահին ժպտաց, ցած սլացավ, հայտնվեց պատվանդանին, նայեց քարե դռանը:

- Ես պետք է ներս մտնեմ այս դռնից, որքան էլ այն դժվար լինի:

Սկսեց վազել, նրա վազքի հետ փչեց քամին, քամու հետ սկսեցին օդում պարել ավազախառը դեղին տերևները: Նրա աչքերը փայլեցին, շանթն անցավ քարե ծանր դռնով: Մոտեցավ, այն հրեց: Դուռը բացվեց: Սահին ներս մտավ, կանգնեց առաջին աստիճանին, սկսեց կանչել.

- Սահի՛դ:

Արձագանքող չեղավ:

- Քառակուսի՛ գլուխ,- նորից կանչեց նա:
- Այո՛, հրամանատա՛ր,-հայտնվեց նա, Սաին զարմացած նայեց նրան:
- Դու՞, իսկ Քառակուսի գլու՞խը:
- Նա ես եմ, ես նա եմ,- պատասխանեց նա:
- Պարզ է,- նկատելով նրա ժանիքները՝ ավելի շատ ինքն իրեն ասաց նա, հրամայեց,- որտե՞ղ է Մարկոսը, տա՛ր ինձ նրա մոտ:
- Այո՛, հրամանատա՛ր,- կրկնեց նա, սկսեց իջնել աստիճաններով, Սաին հետևեց նրան:

Նրա աչքերը լուսավորեցին անսահման թվացող մութ գետնահարկը:

- Մարկո՛ս,- ձայն տվեց Սաին, երբ ուրվականը կանգ առավ խուցերից մեկի մոտ:
- Կանա՛չ աչք, ես գիտեի՝ դու կվերադառնաս, ես հավատում էի քո վերադարձին,- ուրախացավ Մարկոսը՝ աղոտ լույսի տակ փնտրելով փրկարարին:
- Ներեցեք, ավելի շուտ չէի կարող՝ ճանապարհը երկար էր:
- Կարևորը՝ կարողացար, թեկուզ, ուշացած,- ուրախացած պատասխանեց մարդասերը:
- Քառակուսի՛ գլուխ, բացի՛ր դուռը,- հրամայեց Սաին:
- Այն միայն Ադամանդը կարող է բացել:

- Ո՛չ, ես էլ կարող եմ, թեկուզ այլ տարբերակով,- պատասխանեց Սաին, ետ կանգնեց:

Իսկ Մարկոսը ետ քաշվեց դեպի խցի անկյունը: Սաին հայտնվեց խցերից մեկի տանիքին, նրա աչքերի փայլը կրկնապատկվեց, ապա շանթն անցավ ծանր կողպեքի միջով, այն աղմուկով ցած ընկավ: Մարկոսը ողջագուրվեց նրա հետ:

- Քո ուշացումով ես ճաշակեցի լույսը խավարի մեջ,- շշնջաց նա:
- Ներեցե՛ք, Մարկո՛ս, ես չկարողացա,- նորից կրկնեց Սաին:
- Կա ուշացում, որը գերադասելի է չվերադառնալուց, կարծում եմ՝ սա այդ դեպքն է: Այս փորձությունը ինձ շատ բան սովորեցրեց,- պատասխանեց Մարկոսը՝ ձեռքը դնելով նրա ուսին,- իսկ հիմա վայրկյան առաջ պետք է լքել այս զնդանը, այլապես կհայտնվի Ադամանդն՝ իր մարդակուլ խմբով:
- Ո՛չ, հարկ չկա շտապելու,- առարկեց Սաին,- մի՛ անհանգստացեք, նա զբաղված է: Մենք այստեղ դեռ անելիք ունենք,-պատասխանեց նա, կանչեց ուրվականին,- Քառակուսի՛ գլուխ:
- Այո՛, հրամանատա՛ր,- առաջ եկավ նա:
- Որտե՞ղ է գիտնականը և մյուսները:
- Այնտե՛ղ ,- պատասխանեց նա՝ ցույց տալով հեռավոր անկյան դուռը:

Սաին Մարկոսի հետ ուղղվեցին այն կողմ:

- Սա պահեստայինների խուցն է,- մոտենալով նկատեց Սաին,- սարսափելի է մտածել, թե նրանք ամբողջ ժամանակ փակված են եղել այս ընդհանուր խցում,- ասաց նա, ետ քաշվեց դռնից, հեռվից նրա աչքերը փայլեցին, շանթն անցավ նաև այդ դռան կողպեքի միջով: Այն վայր ընկավ:

Դուռը բացվեց, Սաին և Մարկոսը ներս մտան:

- Աբգա՛ր, Վիվի՛, Վերի՛,- կանչեց Սաին հերթով բոլորի անունները, արձագանքող չեղավ,- «այստեղից յուրաքանչյուրը ցանկանում է վերջինը դուրս գալ» մի անգամ ասաց Աբգարը, պարզվում է՝ ոչինչ էլ չի փոխվել: Վերի՛,- նորից ձայն տվեց նա,- իսկ գուցե այստեղ ոչ ոք էլ չկա, գուցե մենք ուշացել ենք,- տարակուսեց Սաին:
- Աբգա՛ր, ձա՛յն հանիր, ե՛ս եմ՝ Մարկոսը:

Ճանաչելով Մարկոսի ձայնը՝ աղոտ լույսի տակ երևաց մեկը, նրան հաջորդեցին մի քանի ստվերներ, այնուհետև ստվար շարքերով երևացին երիտասարդներ և պատանիներ՝ նրանց հետ Աբգարը, Վերին՝ գրկած Միկիին և միակ կինը՝ Վիվին:

- Նրանք են,- ուրախացավ Սաին, ընդառաջ գնաց: Հերթով ողջագուրվեցին:
- Ինչպիսի՛ հուզիչ տեսարան,- լսվեց հետևից:

Նրանք, անակնկալի եկած, ետ նայեցին. դռների մեջ կանգնած էր Ադամանդը՝ սև չալմայով, վրան շողում էր սպիտակ, խոշոր ադամանդը: Նրան ընկերակցում էին Նաթին և Բենը՝ սև զգեստավորների հետ: Վիվին ակամա սեղմվեց Աբգարին: Սաին մոտեցավ դալուկ ու գունատ աղջկան:

- Դիմացի՛ր, շուտով դուրս կգանք,- դիմեց նրան,- որտե՞ղ է Միկին:
- Այնտե՛ղ, Վերիի մոտ,- նվաղած ձայնով պատասխանեց աղջիկը:

Նրանց խոսակցությունը կիսատ մնաց, երբ լսվեց Ադամանդի ձայնը:

- Նորից ես հայտնվում եմ ճիշտ ժամանակին, ճիշտ տեղում: Ահա՛, իմ հաջողության գրավականը,- կրկնեց Ադամանդը՝ շոյելով երկար միրուքը:
- Իսկ չե՞ք կարծում՝ այս վայելչատես երիտասարդն ավելի վաղ է հայտնվել ճիշտ ժամանակին, ճիշտ տեղում,- պատասխանեց Մարկոսը՝ գլխի շարժումով ցույց տալով Սաիին:
- Ո՛չ, պարզապես նա հաճախ ոտնատակ է ընկնում, իսկ ես, բարեբախտաբար, չեմ սայթաքում,- ինքնավստահ պատասխանեց նա, դիմեց յուրայիններին,- փակե՛ք նրանց այնտեղ:

Մինչ նրանք կկատարեին հրամանը, Սաին դուրս ցատկեց խուցից, հայտնվեց մյուս մետաղյա խուցի վրա:

- Եթե չեք սայթաքում, ինչու՞ է փոխվել Ձեր չալմայի գույնը,- հարցրեց նա, ցատկեց ցած, սկսեց վազել: Նրա վազքի հետ բարձրացավ քամին, քամու հետ սկսեցին պարել ավազախառը տերևները, նա նորից հայտնվեց խուցի վրա,- Դե ինչ, Աղամանդ, չե՞ք սայթաքում:
- Բռնե՛լ նրան, փակե՛լ մյուսներին,- բղավեց նա՝ ձեռքով քամուց պաշտպանելով դեմքը, մյուսով գլխին սեղմելով չալման:

Քառակուսի գլուխն ուզեց ծածկել դռները, ներսից դուրս թափվեցին երիտասարդներն ու պատանիները, շրջապատեցին Մարկոսին իր յուրայիններով: Ուրվականը մոռացավ հրամանի մասին, երբ նրա մեջ արթնացավ բնազդը, նա բռնեց երիտասարդներից մեկին, սկսեց խմել արյունը:

- Ո՛չ,- գոչեց Սաին, նրա աչքերից պոկված շանթն, անցավ ուրվականի միջով, նա մի պահ անջատվեց, բաց թողեց երիտասարդին, նայեց Սաիի կողմը:
- Ես կոչնչացնեմ քեզ, հրամանատա՛ր,- մրմնջաց Քառակուսի գլուխը, ուղղվեց նրա կողմը:
- Դե ի՞նչ, պատրա՞ստ եք մոխրանալու այս խավարում,-Սաին դիմեց նրանց,-թե՞ կամավոր հեռանում եք,- շարունակեց նա,- այլապես բոլորդ հավերժ կիհանգրվանեք այստեղ:
- Բոլորը գուցե, բայց դու չես կարող ամենակարողիս մոխրացնել, բանտել՝ առավել ևս,- ինքնավստահ

պատասխանեց Աղամանդը, երկու մատներով համբույր դրոշմեց ադամանդին:

- Եթե անգամ ես չկարողանամ, ապա ժամանակն այդ կանի, վստա՛հ եղեք,- պատասխանեց նա, զետնից կտրեց Աղամանդին, սլացավ մեծ խուցից ներս, այնուհետ դուրս եկավ՝ առանց նրա, հրամայեց,- փակե՛լ դռները:

Պահեստայիններն անցան գործի՝ արագ փակելով դռները, մինչ Աղամանդը կհասցներ դուրս գալ այնտեղից:

- Հեռանու՛մ ենք, Մարկո՛ւ,- գոչեց նա:

Սնազգեստները հարձակվեցին նրանց վրա, իսկ Քառակուսի գլուխը ամեն կերպ փորձում էր հասնել Սաիին, բայց թիկնապահները, տեսնելով Բենի և Նաթիի անտարբերությունը, ետ քաշվեցին: Երբ Սաին առաջնորդեց խմբին՝ լուսավորելով ճամփան, Աղամանդի համախոհները ևս շտապեցին լքել մութ զնդանը:

***

Դուրս գալով մութ զնդանից՝ բոլորը շտապեցին լքել զետնահարկը՝ այնտեղ թողնելով Աղամանդին: Սաին հայտնվեց շենքի տանիքին, դիտեց քաղաքը: Ամենուր ռոբոտ-զինվորներն էին և դեռ իրենց մարմինները փնտրող ուրվականները: Տեղ-տեղ եղյամը հիշեցնում էր ձյան հաստ շերտը: Նա, տեսարանից տարակուսած, նորից սլացավ ցած, միացավ խմբին:

- Քաղաքում նույն քաոսն է,- հայտնեց նա ընկերներին:- Մի՞թե եղյամը հավերժ է,- շարունակեց վրդովված:
- Ոչինչ հավերժ չէ, առավել ևս Ադամանդի ստեղծածը, հարկ չկա հուսահատվելու-հուսադրեց Մարկոսը, քայլեց առջևից:

Նրանց ընդառաջ դուրս եկան ժանիքավոր ուրվականները:

- Շտապե՛ք, այլապես մենք կորած ենք,- բացականչեց Աբգարն՝ ակամա արագացնելով քայլերը:

Բոլորը դանդաղ վազքով հետևեցին գիտնականին: Երբ ուրվականները հասան նրանց, և նրանց ընդամենը քայլեր էր բաժանում, Սաին սկսեց վազել, նրա վազքի հետ բարձրացավ ուժգին քամի, քամու հետ օդում սկսեցին պարել ավազախառը դեղին տերևները: Յուրաքանչյուրը հազիվ էր կարողանում մնալ գետնին կպած՝ փչող քամու ուժից: Սաին հայտնվեց մոտակա տանիքին, նրա արձակած շանթն անցավ ուրվականների խմբի միջով, նրանք մի պահ անջատվեցին, խումբն իրար խռնված, սկսեց ավելի արագ վազել:

Անսպասելիորեն երկնքում ուղղաթիռ երևաց:

- Եթե Մալեն է, ինչու՞ է միայնակ,- զարմացած հարց տվեց Մարկոսը՝ աչքը չկտրելով մոտեցող ուղղաթիռից:

Իսկապես, երևաց Մալեն: Նա ուրախացած կանգ առավ, բոլորը հետևեցին նրան:

- Այս երիտասարդը չի դադարում անակնկալ մատուցել,- շշնջաց նա ժպտալով:

Մալեի հետ միասին վազքով խմբին մոտեցավ մի զինվորական:

- Հրամանատա՛ր, նրանք դառնում են անկառավարելի: Արդեն չգիտեմ, որ մեկն է ավելի վտանգավոր՝ ուրվականնե՞րը, թե՞ ռոբոտ-զինվորները,- զեկուցեց Մալեն՝ թոթովելով ուսերը:
- Ինքս էլ եմ անզոր՝ անգամ խորհուրդ տալու, մեզ մնում է զոնե ողջ հասնել տուն և սպասել Սաիին,- տարակուսած պատասխանեց Մարկոսը, նայեց ուրվականների կողմը,- ահա՛, նրանք նորից ոտքի կանգնեցին:
- Դուք շտապեք հեռանա՛լ,- միջամտեց զինվորականը:

Մարկոսը հետաքրքրասիրությամբ նայեց նրան:

- Ո՞վ ես:

Անծանոթը ժպտաց:

- Անունս Ջամիլ է:

Մարկոսն ավելի ուշադիր նայեց երիտասարդին:

- Չնայած երբեք չեմ կարողացել տեսնել քո դեմքը, բայց կարողացա ճանաչել ձայնդ, շնորհակալ եմ,- նա ձեռքով բարևեց անծանոթին,- պարզվում է՝ այնքան էլ կամավոր չես, Ջամի՛լ,- ժպտաց Մարկոսը:

Խոսակցությունը կիսատ մնաց, երբ շանթից գետնին տապալված ուրվականները, նորից ոտքի կանգնելով, ուղղվեցին նրանց կողմը: Սաին շանթը կրկնեց այնքան, մինչև խումբը կարողացավ անհետանալ ուրվականների տեսադաշտից: Ճանապարհի դժվարությունները հաղթահարելով՝ նրանք մտան դեպի՝ միայնակ տունը տանող ծառուղին: Սաին նկատելով նրանց՝ առաջինը հայտնվեց բակում:

- Դու արդեն այստե՞ղ ես,- ներս մտնելով ուրախացած հարցրեց Մարկոսը:
- Մարկո՛ս, ես ունեմ միայն մեկ հնարավորություն, սակայն խնդիրները շատ են, ինչպե՞ս անել, գուցե խորհուրդ տաք,- խոսեց Սաին:
- Կարծում եմ՝ պետք է վերացնել, եթե ոչ մեծագույն չարիքը, ապա գոնե հերթականը՝ ետ ուղարկելով ուրվականներին:
- Մեծագույն չարիքը Ադամանդն է, բայց քանի որ նա զնդանում է, Դուք ճիշտ եք՝ կփորձեմ ետ ուղարկել ուրվականներին,- Սաին ընկավ մտքերի մեջ:

- Ի՞նչ կա, ինչու՞ հապաղեցիր, որևէ բան այնպես չէ՞,- նկատեց Մարկոսը:
- Իսկ ռոբոտ-զինվորնե՞րը:
- Իմ կարծիքով նրանք միշտ էլ կլինեն, քանզի նրանց հումքը մարդն է:
- Իսկ եղյա՞մը:
- Մի՞թե այն արդեն առաջին ճաքը չի տվել, նայի՛ր,- նայելով շուրջը՝ պատասխանեց Մարկոսը:- Վերի՛,- ձայն տվեց նա, մոտեցավ երիտասարդը,- սովորության համաձայն՝ բացի՛ր դուռը:
- Այո՛, հրամանատա՛ր,- պատասխանեց նա, մոտեցավ, բացեց դուռը, լույսը հորդեց դուրս, բոլորն ուրախացան:
- Ահա՛, նայե՛ք, վերջապես միայնակ տունը, թեկուզ դանդաղ, բայց կորցնում է իր եղյամյա պատյանը,- ոգևորված ցույց տվեց Սաին, վեր սլացավ ձայն տալով,- պետք է մաքրել քաղաքը նրանցից:

Նա հայտնվեց հրապարակում, նայեց կիսաայրված դրոշին, սլացավ ցած, սկսեց վազել, նրա վազքի հետ բարձրացավ ուժգին քամի, քամու հետ օդ բարձրացան ավազախառը դեղին տերևները, արձակեց շանթն. այն անցավ պատվանդանի միջով: Դուռը ծանր ճռռոցով տեղի տվեց, Սաին կանգնեց աստիճաններին, ձայն տվեց:

- Քառակուսի՛ զլուխ:

- Այո՛, հրամանատա՛ր,- հայտնվեց ուրվականը,- ես կոչնչացնեմ քեզ,- շարունակեց նա՝ փորձելով հարձակվել Սաիի վրա:

Նա խույս տվեց, վեր սլացավ, կանգնեց պատվանդանին: Ուրվականը եթերային քայլերով հետևեց նրան, դուրս եկավ հրապարակ, նայեց վեր:

- Ես կատարում եմ իմ առաջին հրամանը,- վանկարկեց նա:
- Հեռացի՛ր քո աշխարհը, Քառակուսի՛ գլուխ,- պատասխանեց Սաին, կախվեց նրա վրա:
- Ես կատարում եմ առաջին հրամանը,- կրկնեց ուրվականը:
- Ի՞նչ արած, ինձ մնում է քեզ պարտադրել ետ վերադառնալ,- ասաց Սաին, բացեց ափը, բոցկլտաց անմար հրի վերջին կաթիլը:

Այն գլորվեց, ընկավ ուրվականի վրա: Ամեն կողմից լսվեց աղմուկ և աղաղակ: Սաին հայտնվեց երկնաքերի տանիքին, այնտեղից տեսավ, թե ինչպես են ուրվականները՝ ժանիքավոր, թե դեռ մարմինը փնտրող, փչող քամու հետ վեր սլանում, եթերային քայլերով դուրս գալիս քաղաքից:

- Ո՛չ, Կանա՛չ աչք,- հեռացող ուրվականների շարքի վերջում բղավում էր Քառակուսի գլուխը,- ես դեռ չեմ կատարել առաջին հրամանը:
- Դու գտել ես քո մարմինը, հեռացի՛ր քո աշխարի,- արտաբերեց Սաին ինքն իրեն:

Ուրվականը, մինչև վերջ ճանկռոտելով, կառչում էր պատերից, սյուներից, սակայն փոքրիկ ոսկեգույն կաթիլը նրան քշեց այնքան, մինչև նա անհետացավ, իսկ կաթիլը, շարունակելով ճամփան, տարալուծվեց հորիզոնում՝ կարծես, արթնացնելով արևին: Անհետացան պարող տերևները՝ պտտվող քամու հետ վեր բարձրանալով:

- Անհետացավ չարիքի փոքրագույնը,- դեռ միտքը չէր ավարտել Սաին, երբ երևացին ռոբոտ-զինվորները,- սակայն ո՛չ մեծագույնը,- տխուր շարունակեց նա, նայեց եղյամին, սլացավ միայնակ տան կողմը:
- Ես ոչինչ անել չկարողացա,- հանդիպելով Մարկոսին՝ խոսեց Սաին,- որքա՛ն խնդիրներ մնացին:
- Դու ավելին արեցիր, քան հնարավոր էր,- ուրախացած նրան մոտեցավ Մարկոսը:
- Իսկ եղյա՞մը, ռոբոտ-զինվորնե՞րը
- Արևը շողում է հորիզոնում: Աննկատ, բայց կանհետանա եղյամը, մի՛ տրտմիր, իսկ Ադամանդի պարտությամբ մեգապոլիսը կխաղաղվի:
- Չէ՞ որ նա գնդանում է, մի՞թե դա պարտություն չէ,- զարմացավ Սաին:
- Նա այնտեղ է իր անբաժան գլխաշորի և ադամանդի հետ, չեմ կարծում՝ այն կրում է որպես զարդ: Եթե նկատել ես, նա անխոցելի է:

- Այո՛, նկատել եմ,- կարծես միայն Մարկոսի ասելուց հետո գլխի ընկավ նա, վեր սլացավ բացականչելով,- այո՛, կարծես գլխի եմ ընկնում: Ինչպե՞ս կարող էի անտեսել դա:
- Միայն այդ դեպքում կվերանա քաղաքի եղյամը,- շարունակեց Մարկոսը՝ կարծես այս անգամ խոսելով ինքն իր հետ:

Սաhին ընթացքից մի hայացք նետեց hարազատ մարդկանց կողմը:

- Ես կվերադառնամ նրան hաղթելուց hետո,- գոչեց նա:

Վիվին ժպտաց՝ գլուխը hենելով Աբգարի ուսին:

***

Ծանր դռները իրար եկան, աղմկելով փակվեցին: Իշխող խավարն իր մեջ առավ Աղամանդին: Նա աhաբեկված սկսեց hարվածել երկաթյա դռներին:

- Բա՛ց արեք դռները, Նաթի՛, Բե՛ն,- ոչ ոք չպատասխանեց:

Հանկարծ նա ետ քաշվեց դռներից, խաղաղվեց, սկսեց տնտղել խավարը, կարծես ինչ որ բան էր փնտրում, երկու մատներով hամբույր դրոշմեց ճակատի աղամանդին, մրմնջաց.

- Լուսավորի՛ր իմ շուրջը, դու փայլում ես ցերեկը, փայլի՛ր, նաև երբ մութ է:

Թանկարժեք քարը սկսեց փայլել, բայց հանկարծ նորից տիրեց անթափանց խավարը:

- Որտե՞ղ ես, Ձյունահեր, ու՞ր ես կորել,- հուսահատված ձայն տվեց նա:
- Այո՛, Աղամա՛նդ,- հայտնվեց սիրամարգը, սպիտակ լույսը տարածվեց գնդանում, Աղամանդը նայեց թռչունին:
- Դու նույնպե՞ս, ինչպե՞ս ես տանում տվել գեղեցիկ փետուրները, մի՞թե վերջն է,- տեսելով սիրամարգի խանձված փետուրերը՝ կատաղությունից բղավեց նա,- ես պետք է դուրս գամ այստեղից, ես պարտավոր եմ ոչնչացնել այդ փսլնքոտին:
- Դու դուրս կգաս այստեղից՝ կանխելու վերահաս պարտությունը- ասաց թռչունն, անհետացավ, նորից տիրեց խավարը:
- Ինչպե՞ս, գրողը տանի քեզ,- մենակ մնալով՝ նա զազազեց, սկսեց ոտքերը գետնին խփել:
- Այո՛, Աղամա՛նդ,- այս անգամ հայտնվեց Սատանան,- ինչու՞ հիշեցիր ինձ,- նա կանգնեց Աղամանդի դիմաց:
- Վերջապես ինձ դուրս կհանես՞ այստեղից,- այս անգամ խաղաղված հարց տվեց նա:
- Գուցե,- ոչ այնքան հանգիստ, որքան անտարբեր պատասխանեց սատանան:

- Նախ լուսավորի՛ր այստեղ, որպեսզի կարողանամ տեսնել քեզ;
- Լույսը իմը չէ, սակայն ցանկության դեպքում խավարը չի խանգարի քեզ, որպեսզի դու ինձ տեսնես:
- Այո՛, ես իսկապես քեզ տեսնում եմ առանց լույսի: Գիտեմ՝ քեզ համար անհնարին ոչինչ չկա, դու՛րս հանիր ինձ այստեղից:
- Մի՞թե միայն քո կախյալ վիճակն է քեզ ստիպում հիշել ինձ:
- Այդպես չէ, միշտ էլ հիշում եմ քեզ, ազատի՛ր ինձ զնդանից, և ես քեզ վարձահատույց կլինեմ: Չեմ ուզում մնացած կյանքս անց կացնել զնդանում, ես խավարասեր չեմ, մարդ եմ, սակայն, անգամ իմ յուրայինները, ինձ հետ վարվեցին, ինչպես կենդանու հետ կվարվեին:
- Աղամա՛նդ,- շարունակեց Սատանան,- կյանքը բումերանգ է: Մի՞թե մինչև հիմա այս խավարում կենդանիներ էին փակված
- Նրանք արժանի են դրան: Դու՛րս հանիր ինձ, վարձահատույց կլինեմ, երդվում եմ:
- Այլևս չեմ ծառայում քեզ, քանզի ակնհայտ է քո երախտամոռությունը, կօգնեմ փոխադարձ համաձայնության դեպքում:
- Խոսի՛ր, ցանկացած պայմանում դաշնակից եմ:
- Կանխի՛ր եղյամի ճաքը:

- Մի՞թե եղյամը ճաք ունի, այն նման է հաստ ձյան շերտի: Մեր հաղթանակը դեռ երկար ժամանակ ապահոված է,- ինքնավստահ պատասխանեց Աղամանդը:
- Մի՛ մոռացիր, վերադարձել է Կանաչ աչքը: Անխուսափելի է եղյամի ճաքը:
- Դա մանրունք է,- ձեռքը թափահարելով պատասխանեց Աղամանդը:-Կանաչ աչքը միշտ էլ կա...
- Մանր թերություններից է ծնվում խոշոր պարտությունը, ահա՛ հավաստիացումը,- ձեռքերը տարածեց Սատանան:
- Իմ հզորության առջև դա իսկապես մանրունք է,- պնդեց Աղամանդը:
- Հաճախ մեծախոսությունն անզորության նշան է, չե՞ս կարծում: Մի՛ մեծախոսիր, երբ դեռ այստեղ ես: Վախեցի՛ր գաղափարիդ հետևանքից:
- Ես քո օգնությամբ դուրս կգամ այս գնդանից, և կհամոզվես, թե ինչպես է իմ խոսքը գործ դառնում: Դու կօգնես ինձ, այնպես չէ՞,-ավելի մեղմ հարց տվեց նա,- Չէ՞որ միշտ քո հպատակն եմ եղել:
- Հպատակ, որում միշտ փայլել է սեփական շահը: Թվաց՝ հաղթանակդ վերջնական է, փորձեցիր երես թեքել ինձանից, բայց փոխվելով գլխաշորիդ գույնը, փոխվեց իրավիճակը,- նկատեց Սատանան:

Նրա խոսքերից Աղամանդն ակամա ձեռքը տարավ դեպի գլուխը, մրմնջաց ատելությամբ:

- Ես կոչնչացնեմ այդ սևամորթին:
- Իսկ կարո՞ղ ես: Այդ կանաչ աչքերովը միայն ժամանակի առջև է անզոր, որին չի տիրապետում և ոչ ոք: Այն աննկատ անցնում է բոլորի միջով, լավագույն դեպքում, նրանցից թողնելով անանուն մի տապանաքար: Մի՞թե դու բացառություն ես...
- Դու անտանելի ես դառնում, դու՛րս հանիր ինձ այստեղից,- ակամա հոխորտաց նա:
- Խոսքս քամուն չեմ տալիս՝ քեզ չնմանվելու: Այս պահին դուրս կգաս այստեղից:
- Մի՞թե ես այդպիսին եմ,- վրդովվեց Ադամանդը:

Սատանան պտտվեց նրա շուրջը:

- Այսուհետ դժվար կլինի, որքան էլ տքնես...
- Ո՛չ, թույլ չե՛մ տա՝ կասկածելու իմ ամենակարողության մեջ: Այդ Բենն ու Նաթին չպետք է վայելեն իմը...
- Գուցե նրանք չվայելեն, կվայելե՞ս արդյոք դու,- նորից շողոքորթ պտտվեց Ադամանդի շուրջը:
- Դու՛րս հանիր ինձ այստեղից,- նորից հունից դուրս եկավ նա:
- Դու չես կարող այստեղից դուրս գալ ինչպես մյուսները, ինչպես ես:
- Իսկ ինչպե՞ս, մի՞թե քեզ համար կա անհնարինը...
- Այն ինչ անհնար է, գոյություն չունի ինձ համար: Այստեղից դուրս գալու համար դու պետք է մտնես որևէ կենդանու կերպի մեջ,- նորից նա մի պտույտ

արեց Աղամանդի շուրջը,- ո՞ր կենդանուն ես նախընտրում:

Մինչ Աղամանդը կհասցներ կողմնորոշվել, սատանան պատասխանեց սեփական հարցին.

- Նաև ավելացնեմ՝ քո կերպարին և իրավիճակին հարմար է օձը...

Աղամանդը խավարի մեջ խեթ նայեց նրան:

- Մի՞թե...
- Դե ինչ, օգտվու՞մ ես քո միակ հնարավորությունից:
- Միա՞կ,- սկզբում զարմացավ նա, ապա շարունակեց,- թո՛ղ այդպես լինի, լավ է օձ, քան գնդան...

Նա մոտեցավ, ձեռքը հպեց շողացող ադամանդին

- Պտտվի՛ր, ինչպես հողն է պտտվում:

Աղամանդը սկսեց պտտվել, արագություն վերցնելով՝ բարակեց, այնուհետև իջավ, մի պահ անհետացավ, գետնին հայտնվեց սպիտակ օձը: Նրա գլխին շողում էր սպիտակ ադամանդը: Նա կանգնեց պոչի վրա, նայեց Սատանային:

- Դո՛ւրս սողա,- հրամայեց նա՝ ձեռքով ցույց տալով դուռը:

Օձը սողաց, աննկատ դուրս եկավ: Նորից նա կանգնեց պոչի վրա: Սատանան հայտնվեց նրա դիմաց, քայլեց նրա առջևից, մինչև վերջացան վեր տանող աստիճանները:

- Ահա՛, ելքը, քեզ եմ վերադարձնում քո մարդկային տեսքը և ժամանակ եմ տալիս: Ես կվերադառնամ,- ասաց նա, նորից ձեռքը դրեց օձի վրա, այն նույն կերպ սկսեց պտտվել՝ վեր բարձրանալով, հայտնվեց Աղամանդը:
- Սարսափելի է օձի մաշկի մեջ լինելը,- մրմնջաց նա՝ երկու ձեռքով շոշափելով գլուխը, նայեց վեր տանող աստիճաններին,- Որքան դժվար կլիներ, սողալ դեպի վեր,- ավելի բարձր ձայնով շարունակեց նա, սկսեց բարձրանալ քայլելով...

Դուրս գալով գնդանից՝ Աղամանդը շտապեց պատշգամբ, անհանգստացած նայեց քաղաքին:

- Ու՞ր են անհետացել ուրվականները,- հարց տվեց ինքն իրեն, ապա շարունակեց,- մի՞թե իսկապես նա ուժեղ է ինձանից,- շտապեց դուրս,- ո՞վ կա այստեղ,- ձայն տվեց նա, նրան ընդառաջ դուրս եկան սևազգեստները:
- Դեպի վեցանկյուն,- հրամայեց Աղամանդը՝ համարյա վազելով դեպի մեքենան:

Երբ նա ներս մտավ, պրոֆեսոր Բենը նստած էր սեղանի մոտ, իսկ Նաթին նրան խմիչք էր մատուցում...

- Ահա՛, թե ինչի համար էիք փորձում ազատվել ինձանից՝ թողնելով մութ գնդանում,- տեսնելով ակամա հունից դուրս եկավ նա:

Բենը զարմանքից քար կտրեց, ապա դանդաղ ոտքի կանգնեց: Նաթիի ձեռքից վայր ընկավ խմիչքի շիշը...

- Դու՞ք,- ապշած հարց տվեցին նրանք միաժամանակ:
- Այո՛, ես, զարմացա՞ծ եք- վրդովված պատասխանեց նա, առաջ գնաց, կանգնեց պրոֆեսորի դիմաց:
- Անհետացել են ուրվականները, Դուք տեղյա՞կ եք այդ մասին:
- Ոչ,- զարմանքից Բենի հոնքերը վեր բարձրացան, նա նայեց ուղիղ Ադամանդի աչքերի մեջ,- գուցե սխալվու՞մ եք:
- Սխալվու՞մ եմ: Ես երբեք չեմ սխալվում: Հաճախ սխալվում եք Դուք, երբ լքում եք ինձ՝ թողնելով զետնահարկում:
- Մենք այլընտրանք չունեինք, Դուք գիտեք՝ ինչի է ընդունակ Կանաչ աչքը,- փորձեց արդարանալ Նաթին:

Ադամանդը խեթ նայեց նրան, շարունակեց.

- Շտապ պետք է հրապարակ գնալ, կարգավորել բանակը, այլապես, իսկապես, եղյամի ճաքն անխուսափելի կլինի:

Նրանք մի պահ երևացին հրապարակի ամբիոնին, նայեցին քաղաքին, անմիջապես ներս մտան:

- Ինչպե՞ս կարող էին նրանք անհետանալ,- զարմացած, շարունակ կրկնում էր պրոֆեսորը:

Երբ հայտնվեցին սրահում, վառվեցին սպիտակ լույսերը:

- Քառակուսի՛ գլուխ,- ձայն տվեց Աղամանդը:

Ոչ ոք ընդառաջ չելավ նրանց:

- Պարզվում է՝ իսկապես, ուրվականներն անհետացել են,- մրմնջաց Բենը,- միայն չեմ կարողանում հասկանալ, թե ինչպե՞ս,- նա լռեց, նայեց Աղամանդին,- կարծես՝ գլխի եմ ընկնում:
- Եվ ինչպե՞ս,- անհամբեր հարց տվեց Աղամանդը
- Մի՞թե պարզ չէ՝ Կանաչ աչքը, ահա՛ և պատասխանը,- ձեռքերը տարածեց պրոֆեսորը:
- Այդ դեպքում պետք է մարտի հանել ողջ բանակը, թո՛ղ այդ աֆրիկացին հասկանա, թե ու՞մ հետ գործ ունի,- բորբոքված համարյա բղավեց Աղամանդը:
- Այո՛,- անվստահ պատասխանեց Բենը,- ես պետք է սկզբից կանխեի ուրվականների մուտքը մեզապոլիս:
- Սակայն ի՞նչ տարբերություն:
- Նրանք, շարքից հանելով ռոբոտ-զինվորներին, օգնեցին մարդասերին,- ափսոսանքով նկատեց Բենը,- ինչևէ, շարի՛ր բանակը, պետք է կարողանանք վերացնել Կանաչ աչքին, այլապես նրա առավելությունն ակնհայտ է դառնում:
- Առանց ուրվականների ավելի հեշտ է հաղթել նրան, չէ՞ որ քաղաքը սպիտակ է հագել մինչև նրանց ի հայտ գալը,- ոգևորվեց Աղամանդը, մի

քանի քայլ առաջ գնաց, երկու մատով համբույր դրոշմեց ճակատի քարին:

Դամբարանի դռնից երևաց շարքի սկիզբը:

- Դեպի՛ քաղաք,- հրամայեց Աղամանդը,- սպանե՛լ կամ ինձ մո՛տ բերել Կանաչ աչքին:

Ռոբոտ-զինվորները քայլեցին դեպի դուրս: Վերջում բանակին հետևեցին Աղամանդը, պրոֆեսորը և Նաթին: Նրանք, սնազգեստների ուղեկցությամբ, շարվեցին ամբիոնին՝ այնտեղից հետևելով հրապարակում շարված ռոբոտ-զինվորների շարքերին:

- Իմ բանակից հրապարակը սևացել է, մի՞թե քիչ է,- հիացած սկսեց Աղամանդը՝ հայացքը սահեցնելով շարքերով:
- Դեպի՛ քաղաք,- լսվեց Աղամանդի հրամանը:

Բանակը շարժվեց, շուտով հրապարակը դատարկվեց:

- Աղամա՛նդ,- լսվեց հեռվից:

Նրանք զգաստացած նայեցին շուրջը:

- Մի՛ փնտրեք, ես այստեղ եմ,- լսվեց շատ մոտիկից:

Նրանք վեր նայեցին՝ դրոշի մոտ կանգնած էր Սաին:

- Ա՜, Կանա՜չ աչք, տեսու՞մ ես՝ ամենակարողիս համար փակ դուռ գոյություն չունի,- գոչեց Աղամանդը:

- Այո՛, պարզվում է՝ բացի ինձանից նաև Ձեր համար փակ դուռ գոյություն չունի,- պատասխանեց Սաին, փորձեց վեր սլանալ՝ քաղաքից լսվեց պայթյուններ, աղմուկ և աղաղակ, նա մնաց տեղում կանգնած:
- Դուք Ձեր վերջին ուժերն եք շպրտել քաղաք, ես մոխրի կվերածեմ Ձեր վերջին հույսը, և այն կծխա մոխրակույտերում:
- Ո՛չ, դու հակառակն ես նկատել, քանի որ ինքդ ես Մարկոսի վերջին հույսը, իսկ իմ անպարտելի բանակը շուտով նաև քո վերջը կտա,- քմծիծաղեց Աղամանդը- չգիտեմ թե ինչպես, բայց ուրվականների անհետանալը ևս իմ սրտով է:
- Եթե անհետացել են անկառավարելի ուրվականները, Ձեզ չի՞ թվում, զուցե անհետանաք նաև Դուք՝ բոլորդ՝ սիրամարգի հետ միասին...

Աղամանդը լսածից ձզվեց, նայեց պրոֆեսորին:

- Նա ինչ-որ բան գիտի,- շփոթված շշնջաց նա:
- Միայն ոչ դա, այլապես մեր կործանումն անխուսափելի է,- անհանգստացավ Բենը:
- Աղամա՛նդ, տեսե՛ք, թե ինչպես եմ ճախրում,- գոչեց Սաին, սկսեց սավառնել, անսպասելիորեն նորից հայտնվեց հրապարակում, վազեց, վազքի հետ բարձրացավ ուժգին քամի, քամու հետ օդում սկսեցին պարել ավազախառը դեղին տերևները:

Նա հայտնվեց դիմացի շենքի տանիքին, նրա աչքերից արձակվեց շանթը, անցավ ամբիոնին կանգնածների միջով: Այնտեղից ծուխ բարձրացավ:

- Օգնեցե՛ք,- լսվեցին մի քանի ձայներ:

Սաին սկսեց ծիծաղել: Աղամանդը առաջ եկավ, դիմեց Սաիին

- Դու չես կարող հաղթել ինձ, եթե անգամ իմ ողջ բանակը մոխրի վերածես,- ինքնավստահ հայտարարեց նա:
- Կարող եմ՝ անգամ չմոխրացնելով մեկ ռոբոտ-զինվորի,- պատասխանեց Սաին, նրա աչքերի շանթը կրկնվեց, անցավ դամբարանի դռնով, նա ներս մտավ, սլացավ աստիճաններով վեր, հայտնվեց ոսկեզօծ սպիտակ սրահում:

Սպիտակ սիրամարգը ճեմում էր այնտեղ: Տեսնելով Սաիին՝ բարձր կռնչաց, վեր սլացավ:

- Ես կտցահարելով կոչնչացնեմ քո աչքերը, և նրանք այլևս չեն փայլի վտանգավոր լույսով:
- Մի՞թե, իսկ ես քեզ մոխրի կվերածեմ,- պատասխանեց Սաին, սկսեց վազել սրահով, վազքի հետ բարձրացավ ուժգին քամի, սիրամարգը սրընթաց իջավ, հարվածեց Սաիին, մինչ նա շանթահար կաներ նրան:
- Դու չես կարող, կռնչան թռչուն,- կատաղեց Սաին՝ կրկնելով շանթը:

Այն անցավ՝ այրելով թռչունի փետուրները, բոցը մոխրի վերածեց նրա գեղեցիկ պոչը։

- Իմ գեղեցիկ փետուրներն այրվեցի՜ն, ես քո աչքերը կհանեմ,- բղավեց թռչունը, ուզեց հարձակվել նրա վրա, բայց Սաhին կարողացավ բռնել թռչունի ոտքերից։

Այդ ընթացքում ներս ընկան Ադամանդը և Բենը։

- Կանա՛չ աչք, բա՛ց թող թռչունին, այլապես նա կմեռնի,- հրամայեց Ադամանդը։
- Ո՞վ,- Սաhին վախեցած նայեց նրանց կողմը։

Ներս մտավ Մարկոսը՝ Նաթիի ուղեկցությամբ, զենքը պահած նրա գլխին, ձեռքերը կապոտած։

- Բա՛ց թող թռչունին,- հաղթողի տրամադրությամբ կրկնեց Ադամանդը։
- Կանա՛չ աչք, մի՛ լսիր նրան, դու չգիտես, թե ինչ արագությամբ է անհետանում մեգապոլիսի եղյամը,- խոսեց Մարկոսը՝ չթաքցնելով ուրախությունը,- քանի որ դու կարողացել ես մոխրի վերածել նրա պոչը։ Բա՛ց թող նրան, նա այլևս սովորական հավ է,- հեգնեց Մարկոսը։

Սաhին թռչունին բաց թողեց, պոչատ սիրամարգը կռնչալով դուրս թռավ պատշգամբից։ Նաթիի ձեռքից վայր ընկավ զենքը։ Անհետացավ ոսկեզօծ սրահը, նրանք հայտնվեցին բաց երկնքի տակ՝ հրապարակում։ Ադամանդը ձեռքը տարավ ճակատին. թանկագին քարը սառը թվաց: Նա իջեցրեց չալման, նայեց. այն վեր էր ածվել հասարակ գլխարկի, իսկ թանկագին քարը նրա ձեռքի մեջ դարձավ խոշոր ջրի կաթիլ և գլորվելով ընկավ հրապարակի եղյամի վրա: Եղյամը թխկաց, թվաց՝ սառույցը կոտրվեց: Ձայնը կրկնվեց ողջ մեգապոլիսով՝ վերածվելով աղմուկի: Կարծես քաղաքը շարժվեց: Եղյամից սկսեցին անջատվել կաթիլներ, որոնք անհետանում էին՝ առանց գետնին հասնելու: Երևացին ռոբոտ-զինվորները: Նրանք անտարբեր մնացին, երբ անցնում էին մարդկանց կողքով:

- Չարը կոտրվեց,- ուրախացած արտասանեց Սաին:
- Մենք ընդամենը հիմք դրեցինք բարու հաղթանակին, իսկ ամեն ինչ դեռ առջևում է,- պատասխանեց Մարկոսը, երբ Սաին բացում էր նրա կապանքները,- նրանք մնացին որպես արյան համ առածներ, և մարդը միշտ նրանցից կզգուշանա,- ասաց Մարկոսը, Սաիի հետ ուղղվեցին դեպի միայնակ տան կողմը:
- Գրողը տանի՛, ի՜մ աղամանդը,- բղավեց Աղամանդը, երբ վերջնականապես այն ջուր դարձավ:

Հայտնվեց Սատանան:

- Ինչու՞ այսքան վաղ հիշեցիր ինձ, արդեն կատարե՞լ ես մեր պայմանը,- խոսեց նա:

- Ո՛չ, ես ոչինչ էլ չկարողացա անել, քանի որ իմ խորհրդավոր քարը ջուր դարձավ,- վրդովված պատասխանեց Աղամանդը:
- Այդ դեպքում, որպեսզի մնացած կյանքդ չսողաս որպես օձ, քեզ նոր հնարավորություն եմ տալիս: Դու կդառնաս լուսնի զավակը, կկատարես քո խոստումը՝ այսինքն՝ մեր պայմանը:
- Ինչպե՞ս,- զարմացած հարցրեց նա, բայց սատանան անհետացավ՝ առանց պատասխանի թողնելով նրան...

Աղամանդը գլխարկը դրեց, անկախ իր կամքից՝ սկսեց պտտվել հողի պես, իջավ, հավասարվեց գետնին, կանգ առավ, վերածված կուբիկի, սլացավ դեպի լուսինը, որը կարծես սպասում էր՝ կիսով հենված սարի ուսին: Ռոբոտ-զինվորները հայացքով երկար նայեցին նրա հետևից, ապա շարքով վեր սլացան՝ հետևելով Աղամանդին: Հեռվից կարծես սև շարքը տարալուծվեց գիշերային լուսատուի մեջ: Վերջում երկու հոգի միացան շարքին, անհետացան նրանց հետ...

Միայնակ տան բնակիչները դուրս էին եկել բակ՝ ուրախացած անհետացող եղյամից, միաժամանակ անհամբեր սպասում էին տան տիրոջը: Երբ կանաչ ծառուղում երևացին Սաին և Մարկոսը, դադարեցին աղմկել, ընդառաջ գնացին նրանց:

- Մենք հաղթեցինք Աղամանդին, բայց նա մնաց ազատության մեջ,- սկսեց Մարկոսը:
- Նման ազատությունը հավասար է բանտի,- առաջ եկավ կուչ եկած ու ճերմակած գիտնականը:

Սաին զարմացավ՝ տեսնելով նրան:

- Գիտնակա՛ն, որքա՜ն եք փոխվել:
- Այո՛, Կանա՛չ աչք, ժամանակը խժռում է մարդուն՝ սկսելով արտաքինից,- ափսոսանքով պատասխանեց Աբգարը:
- Սաի՛,- առաջ եկավ Վերին, գրկեց եղբորը:
- Վերջապես կարողացա գրկել քեզ երկար բաժանումից հետո,-ասաց նա:- Երբ առաջին անգամ հանդիպեցինք, մենք պատանիներ էինք, իսկ հիմա արդեն երիտասարդ,- նկատեց Սաին, ավելացրեց,- իսկապես ժամանակը կանգառ չունի...
- Այսուհետ,- խոսեց Մարկոսը,- մենք պետք է կարողանանք պահպանել հորիզոնի լույսը, որպեսզի միշտ գոյություն ունեցող չարը չկարողանա իշխել մեր քաղաքին:
- Մենք ի՞նչ ենք անելու, վերադառնա՞նք մեր տները,- հարցրեց Մալեն առաջ գալով:
- Բանակը միշտ էլ անհրաժեշտ է սրահի լույսն անմար պահելու համար, բայց, եթե ուզում եք վերադառնալ, չեմ արգելում, Դուք ազատ եք Ձեր ընտրության մեջ,- պատասխանեց Մարկոսը:

Զինվորները շարք կանգնեցին։

- Շարունակում ենք ծառայել բարի գործի համար,- միաբերան հնչեց նրանց շուրթերից։

Մարկոսը ժպտաց։ Սաին աննկատ անհետացավ շարքերի մեջ։ Հանկարծ բոլորը վեր նայեցին, երբ նա, Վիվիին գրկած, սլանում էր մեգապոլիսի երկնակամարով...

Printed in Great Britain
by Amazon

58345621R00132